Mayra Montero

Der Berg der verschwundenen Kinder

ROMAN

Aus dem Spanischen von
Sybille Martin

Paul Zsolnay Verlag

Die Originalausgabe erschien erstmals 1995 unter dem Titel
Tú, la oscuridad bei Tusquets in Barcelona.

1   2   3   4   5   00   99   98   97   96

ISBN 3-552-04838-3
© Mayra Montero 1995
Alle Rechte der deutschen Ausgabe:
© Paul Zsolnay Verlag Wien 1997
Satz: Filmsatz Schröter GmbH, München
Druck und Bindung: Friedrich Pustet, Regensburg
Printed in Germany

In Erinnerung an meinen Vater

Die Autorin dankt den puertoricanischen Herpetologen
Dr. Juan A. Rivero und Dr. Rafael Joglar sowie den
Mitgliedern der Task Force on Declining Amphibian
Population in Oregon für ihre Unterstützung.
Dieses Buch ist auch ihnen gewidmet.

Blauschaf

Ein tibetischer Astrologe hatte Martha prophezeit, daß ich bei einem Brand umkommen würde.

Sobald Thierry begann, von den Festessen seiner Kindheit zu erzählen, erinnerte ich mich daran. Es war eine willkürliche Assoziation, denn eigentlich versuchte er, auf den Namen einer Frucht zu kommen, die er nur einmal in seinem Leben probiert hatte. Als er noch sehr klein war und, glaube ich, an Malaria erkrankte, hatte ihm sein Vater zum Trost jene unbekannte Delikatesse ans Bett gebracht. Aus der Beschreibung schloß ich, daß es sich um eine Birne gehandelt hatte. Thierry lachte leise: Diese Frucht war wie gesegnetes Fleisch, und er hatte seither nichts Ähnliches gekostet.

Wir lagen ausgestreckt im Dickicht, und ich ließ ihn ein Weilchen reden. Zu verlangen, daß ein Mann wie Thierry längere Zeit schweigt, ist unmöglich. Wir hatten eben die Stimme eines wunderbaren Exemplars aufgenommen, eines Fröschleins mit blauem Bauch, das sich nur eine Woche im Jahr sehen läßt, und ich dachte, daß das Glück, diesen Ton erwischt zu haben, mir half, so geduldig zuzuhören. Vielleicht veranlaßte mich diese Fügung und nicht die Schilderung der Birne, an den Tod zu denken, an *meinen* Tod, und an das, was Martha in Dharamsala vorhergesagt worden war. »Man hat mir erzählt, daß mein Mann verbrennen würde« – ich glaubte ihre Stimme zu hören, die wütend klang, weil ich angemerkt hatte, daß es sich vielleicht um ein Mißverständnis handle –, »und soweit ich weiß, bist du mein einziger Ehemann.«

Thierry fuhr fort, die Leckereien heraufzubeschwören, die vor dreißig oder vierzig Jahre in Jérémie gegessen wurden, und ich überlegte, daß es einer gewissen Ironie nicht entbehrte, wenn mir jemand dieses Ende prophezeite, zumal ich so viel Zeit damit verbrachte, durch Pfützen und Lagunen zu waten, während Platzregen auf mich niedergingen, und Flußufer entlangzukriechen, den Mund voller Schlamm und die Lider von Moskitos gesäumt. Das hatte ich Martha auch gesagt.

»Das ist überhaupt keine Garantie«, erwiderte sie, froh darüber, mir widersprechen zu können, »man kann im Flugzeug, im Hotelzimmer, sogar im Boot verbrennen, stell dir vor, direkt auf dem Wasser...«

Aus Dharamsala hatte Martha jenen Mantel mitgebracht. Er war ein Geschenk Barbaras, der Freundin, die sie auf dieser Reise begleitet hatte. Ich fand ihn etwas unförmig, aber sie behauptete, er sei aus der Wolle des Blauschafs gemacht. Ob ich schon einmal von diesem Schaf gehört hätte? Es sei die Lieblingsbeute des Schneeleoparden. Ich sah sie fest an, und sie hielt meinem Blick stand: dieses Kleidungsstück war der beste Beweis dafür, daß Martha ihrerseits die Lieblingsbeute Barbaras war.

Wenn man einen Beruf hat wie ich, dann ist es höchst einfach, bestimmte Signale aufzunehmen, bestimmte Gerüche zu identifizieren, Bewegungen zu erkennen, die dem *Amplexus* (so nennen wir die sexuelle Vereinigung der Frösche) vorangehen. Martha wollte nicht, daß ich sie auf diese Reise begleitete – Jahre zuvor, frisch verheiratet, hatten wir oft von einer späteren Reise nach Indien gesprochen –, aber sie sagte es nicht so, sie sagte es mit Kalkül und der größtmöglichen Grausamkeit: Da ich ja nun zu meinem Kongreß nach Nashville fliegen müsse – sie sagte: dein Kongreß –, würde sie die Gelegenheit nutzen und mit ihrer besten Freundin für ein paar Wochen wegfahren. In diesem Augenblick unterließ sie es, zu erwähnen, wohin sie reisen würden, und ich spielte mit. Ich nahm mir vor, ihr keine einzige Frage zu stellen, und fand meine Vermutungen nach und nach bestätigt: durch die Prospekte, die plötzlich im Haus auftauchten, ein paar Bücher über die Plattentektonik Hindustans – Barbara ist Geologin – und schließlich die Flugtickets. Martha bewahrte sie in ihrem Reiseköfferchen auf, und eines Abends entschloß sie sich, sie hervorzuholen und auf den großen Tisch im Arbeitszimmer zu legen. Ihre Absicht, daß ich sie dort finden, sie mir kommentarlos ansehen und alles verstehen sollte, war offensichtlich. Man braucht viel Einfühlungsvermögen.

Kurz vor der Abreise erwähnte sie, daß sie mir im Computer eine Liste der Hotels und der Zeiten, zu denen sie ungefähr dort anzutreffen seien, hinterlassen habe. Lachend fügte sie hinzu, sie habe das Dokument unter dem Begriff »Hinduistische Rundreise« abgespeichert, und ich tat so, als hätte ich ihr nicht zugehört. Im letzten Moment untersagte sie mir auch noch, sie zum Flughafen zu begleiten: eine Freundin Barbaras hatte angeboten, beide hinzubringen, so daß wir uns zu Hause verabschiedeten – in derselben Nacht ging mein Flug nach Nashville –, ohne jede Verdächtigung, ohne jeden Vorwurf, und ich nahm an, daß der kleinste Versuch, eine Erklärung von ihr zu verlangen, demütigend für mich ausgehen würde.

Thierry sagt oft, das wirklich Schlimme sei nicht die Angst vor dem Sterben, sondern daß der Mensch nie an den Tod denken würde. Er sagt das nicht mit diesen Worten, vielleicht verwendet er bessere, passendere. Thierry ist von einer ernsthaften, tiefsinnigen, fast biblischen Beredsamkeit. Als Martha, viel später als geplant, zurückkehrte, trug sie jenen Mantel aus der Wolle des Blauschafs wie eine Trophäe und brachte die schwelende Gewißheit der Todesart mit, die mich in meinem jetzigen Leben erwartete – sie betonte das mit dem »jetzigen Leben«. Da begriff ich, daß ich in der ganzen Zeit unserer Trennung nicht ein einziges Mal die Möglichkeit erwogen hatte, sie könnte mich verlassen. Sie fragte wie aus Höflichkeit, wie die Reaktion auf meinen Vortrag gewesen sei, aber ich hatte keine Zeit, ihr zu antworten; es gab eine Unterbrechung, jemand rief sie an, sie war kurz angebunden und kam dann wieder zu mir, sie fühlte sich sogar verpflichtet, es ein weiteres Mal zu versuchen: Wie es mir in Nashville ergangen sei?

Gerade in Nashville war der Plan zu dieser Expedition gereift, aber das sagte ich ihr nicht. Wenige Stunden vor meinem Rückflug hatte ich eine Einladung zum Abendessen erhalten, eine weiße Visitenkarte mit einem kleinen grauen Frosch im Prägedruck darauf: Doktor

Vaughan Patterson, der berühmte australische Herpetologe, erwartete mich um acht Uhr im Restaurant Mère Bulles, und ich solle doch bitte pünktlich sein.

Ich fühlte mich so geschmeichelt, daß ich eine außergewöhnliche Vorkehrung traf: Ich lief zu meinem Koffer, um zu sehen, ob ich ein sauberes Hemd und ein Jackett dabei hatte. Pünktlich um sieben verließ ich das Hotel und schlenderte Richtung Commerce Street, das ist die Straße, die direkt in die Second Avenue mündet, genau gegenüber vom Restaurant. Es war ein kurzer Spaziergang, der kaum fünfzehn oder zwanzig Minuten dauerte, aber ich wollte vor Patterson dasein. Er war als ungeduldiger Mann bekannt, wurde leicht zornig und verachtete Kollegen, die ihm von etwas erzählten, was nichts mit Amphibien zu tun hatte. Dennoch hätten sich alle das Privileg, mit ihm an einem Tisch sitzen zu dürfen, streitig gemacht. Patterson war die bedeutendste lebende Autorität in allem, was afrikanische Froschlurche betraf; seine Arbeiten über den Axolotl von Tasmanien waren legendär, und er brüstete sich damit, ein letztes Exemplar des *Taudactylus diurnus* aus einer Kolonie, die er selbst im Laboratorium von Adelaide gezüchtet hatte, am Leben erhalten zu haben, als man bereits annahm, die Spezies sei ausgestorben.

Als ich das Restaurant vierzig Minuten vor der verabredeten Zeit betrat, war Patterson schon da. Er lächelte schüchtern, fast könnte man sagen: traurig, beglückwünschte mich zu meinem Vortrag und bot mir einen Stuhl an seiner Seite an. Ich stellte fest, daß er eine Haut wie aus Zellophan hatte und sehr zarte, kleine, etwas steife Hände. Mit einer dieser Hände begann er, etwas auf eine Serviette zu skizzieren, ich sah, wie er sich mit der Zeichnung eines Frosches abmühte und nicht einmal den Kopf hob, als der Kellner ihm sein Getränk brachte. *Eleutherodactylus sanguineus* schrieb er zum Schluß in seiner kleinen Handschrift zwischen die Schenkel des Tieres. Dann hielt er mir die Zeichnung hin.

»Helfen Sie mir, ihn zu suchen«, flüsterte er. »Sollte es noch einen geben, dann auf dem Mont des Enfants Perdus auf Haiti.«

Danach schwieg er und schaute auf den Fluß hinaus. Durch die Fenster der Mère Bulles war der Cumberland zu sehen, und von Zeit zu Zeit zogen diese nostalgischen Raddampfer vorbei. Einer mit Namen *Belle Carol* fuhr in diesem Moment vorüber. Ich war überrascht und konzentrierte mich bewußt auf die Zeichnung. Patterson bemerkte es und zog die Serviette zurück: »Ich habe weder die Zeit, noch bin ich gesund genug, ihn zu suchen«, murmelte er. »Hat man Ihnen gesagt, daß ich Leukämie habe?«

Ich schüttelte den Kopf. Wir waren einander vor drei Jahren vorgestellt worden, auf dem Kongreß von Canterbury; damals hatten wir kaum mehr als zehn oder zwölf Sätze gewechselt, und danach trafen wir uns bei einer Podiumsdiskussion über das Verschwinden der *Litoria aurea*. Wir hatten uns auf die Frösche beschränkt, das war alles.

Patterson faltete die Serviette zusammen, tupfte sich die Mundwinkel ab und zerstörte dabei natürlich die Zeichnung. Dann bot er mir einen Handel an: Wenn ich zustimmte, die Expedition im Herbst zu machen, würde das Biologische Institut seiner Universität für alle Kosten aufkommen. Sobald ich ihm ein Exemplar des *Eleuthero-dactylus sanguineus* (»Einer reicht mir«) überreicht hätte, würden sie mir ein Stipendium für zwei Jahre gewähren, damit ich an einem Ort meiner Wahl über ein Thema forschen konnte, das ich mir selbst aussuchen durfte. Es sei wohl kaum nötig, mich darauf hinzuweisen, betonte er, daß er sofort eine Antwort erwartete.

Ich muß in diesem Zusammenhang erwähnen, daß Martha eine sehr argwöhnische Frau ist; auch zu ihrem Beruf gehört es, das geringste Anzeichen von Instabilität oder Gefahr wahrzunehmen. Nach und nach wurde ihr klar, daß mir in Nashville etwas Wichtiges widerfahren war, etwas, was vielleicht mit meinem Vortrag zu tun hatte; die Gefahr bestand darin, daß ich ihr nichts davon erzählte.

Von da an hörte sie auf, sich aus Höflichkeit zu interessieren, und nahm alle Risiken der Jagd auf sich: Sie fragte mich nach jeder Einzelheit des Kongresses; fragte nach den übrigen Vortragenden und den Themen, die diskutiert worden waren; wollte wissen, ob irgend etwas Wichtiges, irgendeine unerwartete Nachricht bekanntgeworden sei, eine dieser Bomben, die plötzlich mitten in einer Konferenz hochgehen, so daß alle mit offenem Mund dastehen. Ob ich mich daran erinnerte, wie Corben so reserviert erschienen war, um dann mit der Neuigkeit von der Inkubation des *Rheobatrachus silus* herauszuplatzen?

Selbstverständlich erinnerte ich mich. Martha wußte

jeden Trick anzuwenden, um mir Informationen zu entlocken. Sie war sich im klaren darüber, daß die Anspielung auf Corben alle Hebel der Sehnsucht in Bewegung setzen würde, der Sehnsucht und der Rivalität, beide verschmelzen manchmal im Herzen eines Froschsuchers, eines Forschers, der als erster ankommen und vor allen anderen einen Coup landen will. Sie versuchte herauszufinden, was in Nashville geschehen war, und um das zu erreichen, griff sie zu unwürdigen Mitteln, stocherte in meinem Neid, stöberte in meinen kleinen Nöten und Mißerfolgen. Corben war ein Genie, das Glück gehabt hatte.

Andererseits durfte mir ihr Interesse natürlich nicht ganz abwegig erscheinen: Auch Martha war, was man eine Frau der Wissenschaft nennt. Noch vor unserer Heirat hatten wir unterschiedliche Gebiete gewählt, und sie entschied sich für Meeresbiologie. »Anstelle von Gütertrennung«, sagte sie zu den Freunden, »haben Victor und ich eine Trennung der Fauna vorgenommen.« Aber sie hielt sich immer auf dem neuesten Stand über meine Projekte und war, seit ich begonnen hatte, Daten über das Verschwinden anzusammeln, eine gewissenhafte Mitarbeiterin.

Zu Beginn vermieden wir, es so zu nennen, und verwendeten weniger drastische Wörter: »Abnahme« war mein bevorzugter Begriff, die Bevölkerung der Amphibien »nahm ab«; ganze Kolonien von gesunden Kröten verschwanden für immer; dieselben Frösche, denen zu lauschen wir kaum eine Saison zuvor schon müde geworden waren, verstummten, und ihre Zahl verringerte sich; sie erkrankten und starben oder flohen einfach, niemand konnte erklären, wohin noch, warum.

Marthas Fragen nach den Ereignissen in Nashville ließen trotzdem deutlich eine gewisse Beklemmung durchscheinen: ein Interesse an banalen Details, das über schlichte wissenschaftliche Neugier hinausging. Selbstverständlich erwähnte ich ihr gegenüber mein Treffen mit Patterson nicht, sie wollte von sich aus wissen, ob ich den Australier gesehen hätte. Ich hütete mich entschieden, sie zu fragen, auf welchen Australier sie sich beziehe, auf welchen der zig Herpetologen, die aus Melbourne, Sydney und Canberra gekommen waren. Es war aber auch nicht angebracht, den Bogen zu überspannen. Ich mußte schließlich wissen, daß *der* Australier, der einzig mögliche Australier, dem ihre Neugier galt, der verehrte Vaughan Patterson war.

Zwei Monate später erfuhr sie zufällig von der unmittelbar bevorstehenden Expedition. Der Professor, der mich im Laboratorium vertreten sollte, rief an, um mir Informationen über eine andere haitianische Spezies durchzugeben, die schon seit Jahren nicht mehr gesehen worden war. Martha notierte den Namen des Frosches: *Eleutherodactylus lamprotes*, sie kümmerte sich um die Aufnahme der Daten und schrieb sie sorgfältig mit der Schreibmaschine auf eine kleine Karte. Darunter notierte sie handschriftlich diesen Satz: »Findest du nicht auch, daß Haiti ein gefährlicher Ort für Expeditionen ist?«

Ich übertrug die Daten in meine eigene Kartei und gab ihr die Karte zurück, nachdem ich hinzugefügt hatte:

»Dein Astrologe hat es ja schon gesagt: Ich werde langsam und qualvoll an irgendeinem Ort verbrennen.«

★

Zwischen 1974 und 1982 verschwand die Kröte *Bufo boreas boreas*, besser bekannt unter dem Namen Westliche Kröte, aus den Bergen von Colorado sowie aus fast all ihren nordamerikanischen Lebensräumen.

Den von Doktor Cynthia Carey, Professorin der Biologie an der Universität Colorado, durchgeführten Studien zufolge war die Ursache des Verschwindens eine Masseninfektion, hervorgerufen durch die Bakterien der *Aeromonas hydrophila*. Diese Infektion verursacht schwere Blutungen, besonders an den Gliedmaßen, die sich rötlich färben. Daher der Name der Krankheit: die Rotlaufkrankheit der Amphibien.

Eine gesunde Kröte dürfte für die Infektion der *Aeromonas* nicht anfällig sein. Im Fall des *Bufo boreas boreas* aber versagte das Immunsystem.

Die Ursache ist noch immer unbekannt.

Bombardopolis

MEIN VATER SPRACH mich nie mit meinem Namen an. Wen man liebt, den respektiert man, sagte er, und man darf nicht aussprechen, was man liebt.

Das hatte er von seinem Vater gelernt, der ihn auch nie mit Namen angeredet hatte. Es war ein alter Brauch, etwas, was mit dem ersten Mann überliefert worden war, mit dem ersten Vater eines Vorvaters meines Vaters, der aus Guinea in dieses Land gekommen war.

Mein Vater hieß Thierry wie ich und hatte einen sehr schwierigen Beruf, den schwierigsten, den es je gegeben hat: Er widmete sich der Jagd, er war das, was man einen *Pwazon rat* nennt. So wurden diese Jäger bezeichnet.

Meine Mutter hieß Claudine und hatte ziemlich viel Arbeit mit uns, ihren fünf Kindern. Wir lebten in Jérémie, aber nicht in der Stadt, sondern in einem Viertel am Hafen. Dort lernten wir schwimmen, dort lernten wir fischen. Zu jener Zeit war Haiti noch ganz anders. Auch das Meer war breiter oder tiefer oder beliebter bei den Fischen, und aus diesem Meer holten wir unsere Nahrung, Fische, über die sich die ganze Familie freute, weil sie weißes Fleisch und kleine Gräten hatten. Auch hielten wir in unserem Schweinestall sogenannte braune Schweine, und wenn es einen Wurf gab, veranstalteten wir ein Fest. Ein Ferkel wurde weggenommen und dem

Barón als Opfergabe dargebracht. Mein Mutter war eine Verehrerin des Barón-la-Croix, und mein Vater mußte es von Berufs wegen sein.

Sie wollen wissen, wo die Frösche geblieben sind. Ich kann Ihnen das nicht beantworten, Monsieur, aber ich frage Sie: Wohin sind unsere Fische verschwunden? Fast alle haben dieses Meer verlassen, und von den Bergen sind die Wildschweine und die Wildenten verschwunden, sogar die eßbaren Leguane sind weg. Das hat nichts mit dem zu tun, was von den Menschen bleibt, sehen Sie sie aufmerksam an: die Knochen stehen hervor, sie drücken durch ihre Haut, als wollten sie entfliehen, diese kraftlosen Abfallhaufen aus Fleisch verlassen, wo sie geschlagen werden – als wollten sie sich woanders verstecken.

Manchmal denke ich – sage es aber nicht –, daß der Tag kommen wird, an dem ein Mann wie Sie auftaucht, jemand, der das Meer überquert, um ein paar Frösche zu suchen – wer Frösche sagt, meint auch jedes andere Tier –, und nur einen großen Haufen Knochen am Ufer findet, einen viel größeren Hügel als den Berg Tête Bœuf. Dann wird man sagen: Mit Haiti ist es aus, großer Gott, diese Knochen sind alles, was übrig ist.

Sonntags brachte uns Papa immer Bonbons mit. Er kaufte sie in einer Apotheke in Jérémie, sie hieß Pharmacie du Bord de Mer, ein Ort voller Krimskrams und voller Gerüche, wo mehr Süßigkeiten als Medizin angeboten wurden, niemand nahm damals Medizin. Der Inhaber war ein hagerer Mann mit tiefliegenden Augen und Ohren, die nach vorne abstanden, wie bei einem kranken Hund, dazu einem kleinen und wulstigen Mund, einem

Mund wie ein Hühnerhintern, den er nicht einmal öffnete, um guten Tag zu sagen. Er hatte den Laden von seiner Mutter geerbt, die im Sirup verbrannt war. Ich war noch nicht geboren, als das geschah, aber ich weiß, daß alle in Jérémie es bedauerten; sie brachten Kerzen und Trommeln zur Beerdigung mit, gingen hinab zu den *Loas*, zu den Geistern der Kerze, und betrauerten die Frau tagelang.

Der Unfall geschah folgendermaßen: Eine Angestellte von Madame Christine, so hieß die Inhaberin des Geschäfts, trug etliche Säcke voller Flaschen von einer Seite des Ladens zur anderen und rutschte plötzlich aus, versuchte noch, sich am Ofenrand festzuhalten, aber statt dessen klammerte sie sich an den Kessel, in dem der Sirup gekocht wurde. Madame Christine kauerte neben der Feuerstelle am Boden, um ihrer Katze ein wenig Milch zu geben. Der Sirup ergoß sich über sie beide: sie bewegte sich nicht, sie verschmorte an Ort und Stelle, ohne etwa den Milchkrug fallen zu lassen, der in der Hitze wohl auch schmolz; die Katze floh ins Gebüsch und starb dort.

Als sie mir diese Geschichte das erstemal erzählten, war ich noch sehr klein, aber ich fragte sofort, was denn mit der Frau geschehen sei, die die Säcke mit den Flaschen geschleppt hatte. Ich habe diese Unart an mir: Wenn man mir etwas erzählt, folge ich immer den Spuren der Personen, die zurückbleiben, grundlos verschwinden oder vergessen werden. Alle sprachen von Madame Christine und ihrem Kätzchen, aber was, bitte, geschah denn mit der Angestellten? Stürzte auch sie und verbrühte sich den Rücken? Sprang sie auf und rannte hinter der Katze her, oder ging sie vorsichtig zu ihrer toten Chefin, nahm ihr den Krug aus den Händen und pustete die Haut von der Milch?

Mein ältester Bruder hieß Jean-Pierre und wurde lahm geboren. Eigentlich wurden wir zusammen geboren, wir waren Zwillinge, aber die Hebamme holte Jean-Pierre zuerst, und in der Eile verletzte sie ihn am Knöchel. Ein Jahr später kam Yoyotte zur Welt, das einzige Mädchen, das meine Mutter gebar. Es bekam seinen Namen zu Ehren seiner Patin, die Köchin in Bombardopolis war, einem Dorf im Norden, in dem mein Vater sich häufig aufhielt. Kurze Zeit später wurde mein Bruder Etienne geboren, und erst viele Jahre danach kam Paul auf die Welt, unser jüngster Bruder.

Wenn die Patin meiner Schwester zu uns kam, wurden diese Festessen veranstaltet, von denen ich Ihnen erzählt habe. Mein Vater lud seine Geschwister ein, meine Mutter ihre Cousinen, denn ihre eigenen Geschwister waren schon tot, die Cousinen brachten ihrerseits ihre Kinderchen mit, die in unserem Alter waren, das Haus war erfüllt von Getrappel und Geschrei, und die berühmteste Köchin von Bombardopolis, nämlich Yoyotte Placide, begann zu singen und den Eischnee für die Baisers zu schlagen. Ich erinnere mich noch an folgende Strophe des Liedes:

> *Solèy, ò, Moin pa moun isit o, solèy,*
> *Moin sé nég ginin, solèy,*
> *M'pa kab travèsé, solèy,*
> *Min batiman-m chaviré, solèy.*

Es war ein sehr trauriges Lied: »Sonne, ich bin nicht von hier, ich wurde in Guinea geboren und kann nicht mehr zurück, Sonne, mein Schiff ist untergegangen.« Aber sie sang es, als wäre es das fröhlichste Lied überhaupt. Yoyotte Placide sagte immer, daß es nichts Besseres gebe, um einen guten Eischnee zu schlagen, als den abgetrennten, für die Omeletts aufbewahrten Eidottern ein Lied zu singen. Man mußte den Hahnentritt im Ei zufriedenstellen. Dann zeigte sie uns einen roten Punkt mitten im Eigelb: an dieser Stelle gelangte das Lied hinein, und von dort kam der Auftrag, daß sich das in einem anderen Teller gesammelte Eiweiß schlagen lassen und steif werden sollte: so wurden Baisers hergestellt.

Die Geschwister meines Vaters tranken Rum der Marke Barbancourt, und die Cousinen meiner Mutter nahmen gelegentlich auch ein Glas. Eine der Cousinen, die Frou-Frou hieß, raffte ihren Rock und begann zu tanzen. Meine Mutter schimpfte mit ihr, aber Frou-Frou kümmerte sich nicht darum, wir Kinder setzten uns vor sie auf den Boden und klatschten, wenn sie einen Purzelbaum schlug. Mein Vater klatschte auch und tanzte manchmal mit ihr, er faßte sie um die Taille, und sie drehten sich gemeinsam, aber da kam meine Mutter aus der Küche und trennte die beiden. Wir Kinder klatschten wieder, denn Frou-Frous Bluse war aufgesprungen, und auf einmal hüpften beide Brüste heraus, die sehr groß waren und ziemlich hell. Die anderen Cousinen liefen herbei, um zu verhindern, daß meine Mutter sie schlug, da wurde Frou-Frou ohnmächtig und fiel hin. Sie lag auf dem Rücken und begann zu wimmern, wir sahen,

daß irgend etwas von ihrem Magen zum Bauch hinab-
hüpfte. Wir Kinder dachten, sie hätte eine Kröte ver-
schluckt – Entschuldigung, ich weiß schon, daß Sie keine Scherze über diese Tiere mögen –, die Frauen hielten
Frou-Frou fest und schüttelten sie, damit sie sich nicht
vollständig auszog.

Mein Vater bekam schlechte Laune, denn er haßte es,
wenn meine Mutter in Anwesenheit seiner Geschwister
mit ihm schimpfte, verließ wütend das Haus und spazierte eine Weile in der Gegend herum, sah aufs Meer
hinaus und trank ein paar Schluck Rum. Frou-Frou beruhigte sich langsam wieder, sie hatte eine kleine Tochter,
Carmelite, und die legte ihr kalte Tücher auf die Stirn
und half ihr beim Kämmen. Meine Mutter schwor, sie
nie wieder einzuladen, aber die Monate vergingen, und
als die Patin meiner Schwester Bescheid gab, daß sie wieder käme, war alles vergessen, und Frou-Frou erschien
zum Festessen.

Mit der Zeit hörte sie auf mit diesen Vorstellungen,
wir Kinder baten sie zu tanzen, aber sie schüttelte
lächelnd den Kopf. Vielmehr ging sie zum Gemüse-
schälen zu den Ställen, warf den braunen Schweinen die
Schalen hinein und sah ihnen nachdenklich beim Fressen zu.

Meine Schwester Yoyotte wollte genau wie ihre Patin
Köchin werden und in Jérémie auch so ein Geschäft aufmachen wie die Patin in Bombardopolis. Yoyotte Placide
hatte nichts dagegen, daß ihre Patentochter ihren Beruf
erlernte, aber sie ermunterte sie, zu ihr nach Bombardopolis zu ziehen und ihr in ihrer Gaststätte behilflich zu

sein, statt das Geschäft in Jérémie aufzubauen. »Früher oder später wird sie dir gehören«, sagte sie, denn Yoyotte Placide hatte keine Kinder und war schon zu alt, um noch welche zu bekommen.

Über all das wurde am Tisch bei der Fischsuppe geredet, und meine Mutter maulte, denn sie wollte nicht, daß ihre einzige Tochter mit nach Bombardopolis ging. Niemand will seine Tochter verlieren, sagte sie, wer würde sich denn dann später um sie und ihren Mann kümmern? Mein Bruder Etienne, ein sehr lieber Junge, ließ den Löffel fallen und versprach, die beiden zu versorgen. Jean-Pierre, mein ältester Bruder, bog sich vor Lachen und nannte ihn eine Schwuchtel. Meine Mutter erholte sich schließlich und gab uns allen eine Ohrfeige, auch mir, der ich doch gar nichts gesagt hatte, während sie die Patin voller Groll ansah. Die Debatte wurde gelegentlich lauter, und mein Vater stand auf, trat gegen den Stuhl und biß sich auf die Lippen, ein Signal dafür, daß er das Festessen jeden Moment für beendet erklären würde. Da das niemand wollte, verstummten alle außer Frou-Frou, die wie ein Vöglein zwitschernd aus der Küche kam und meinen Vater fragte, ob er zufällig noch etwas Kürbis haben wolle, oder meine Mutter fragte, ob sie schon den Nachtisch servieren könne, der fast immer aus eingemachter Papaya oder erhitzten Zuckerhütchen mit Guajava bestand.

Eines Nachmittags in der Karwoche, als wir noch am Tisch saßen und Frou-Frou zum Stall gegangen war, um den Schweinen die Reste hinzuwerfen, verkündete uns ihr Töchterchen Carmelite, daß sie bald einen kleinen

Bruder haben würde. Die Frauen machten großes Aufhebens darum, aber meine Mutter kreuzte nur die Hände über der Brust. Die Geschwister meines Vaters standen auf und fragten ihn, ob das wahr sei, dann lachten sie, umarmten ihn und klopften ihm gratulierend auf die Schultern. Mein Vater lachte auch, aber auf sehr merkwürdige Art und Weise, den Blick auf Yoyotte Placide geheftet, seine Köchin aus Bombardopolis, die den Kopf gesenkt hatte und tief betrübt wirkte.

Frou-Frou kam nicht mehr zu uns ins Haus. Meine Mutter lud sie ein, aber Yoyotte Placide drohte, ihr die Augen auszukratzen, wenn sie ihr noch einmal über den Weg laufen würde. Und niemand wagte an den Drohungen von Yoyotte Placide zu zweifeln oder gar ihre Anordnungen zu mißachten: Sie war es, die das Essen mitbrachte, die es kochte, ohne Yoyotte Placide gab es keine Feste, und mein Vater und meine Mutter wußten das. Frou-Frous Tochter Carmelite kam weiterhin zu uns. Meine Mutter, die ziemlich gerecht sein konnte, wenn sie nicht wütend war, sagte zu uns, daß die Kleine nicht schuld an dem sei, was diese toll gewordene Frau tue, die sie zur Welt gebracht hatte, lud sie wie üblich ein und behandelte sie wie immer – oder fast wie immer: Sie ließ sie nie über diesen Bruder reden, der unterwegs war.

Das letzte Festessen, an das ich mich erinnere, war das zum Abschied meiner Schwester. Sie war gerade elf Jahre alt geworden, und auf Wunsch ihrer Patin würde sie mit nach Bombardopolis gehen und bei ihr leben, um Köchin zu werden und in dem Gasthaus zu bedienen, das später ihr gehören sollte. Meine Mutter weinte die ganze

Nacht hindurch, aber später beim Essen war sie sehr zufrieden, besonders als Carmelite mit ihrem kleinen Bruder im Arm auftauchte, damit wir ihn kennenlernen konnten. Mein Vater machte mich und meinen Bruder Jean-Pierre als die Ältesten darauf aufmerksam, daß das Neugeborene auch unser Bruder sei und von nun an bei uns leben würde.

Als Yoyotte Placide mit ihrem Patenkind schließlich nach Bombardopolis abgereist war, rannte mein Vater zu Carmelite, riß ihr das Kind aus den Armen und legte es in das Bettchen meiner Schwester, das jetzt frei war. Carmelite schien nicht sehr traurig zu sein, ganz im Gegenteil, sie sagte zu Jean-Pierre und zu mir, daß dieses Kind zuviel weine und daß es eine Erleichterung sei, es zu verschenken.

Später erfuhren wir, daß sich alle schon vor dem Festessen darüber geeinigt hatten. Meine Mutter versorgte das Neugeborene, als wäre es ihr eigenes, obwohl Frou-Frou gelegentlich vorbeikam und ihr half, Windeln zu waschen und Brei zu kochen.

Das Kind nannten sie Julien, aber mein Vater sprach den Jungen nie mit seinem Namen an.

Das Licht der Welt

ALS ICH BEMERKTE, daß in die eine oder andere Geschichte wichtige Fakten über den Frosch einflossen, begann ich, die Unterhaltungen mit Thierry auf Band aufzunehmen. Das letztemal hatte er den *Eleutherodactylus sanguineus* nicht auf dem Berg der verschwundenen Kinder gesehen, sondern hoch oben auf dem Berg Casetaches, einem felsigen und steilen Abhang in der Nähe von Jérémie, seinem Geburtsort.

Das hatte er von Anfang an gesagt. Derselbe haitianische Professor, der ihn empfohlen hatte, brachte ihn in mein Hotel in Port-au-Prince, stellte uns einander ganz zwanglos vor und flüsterte Thierry, kurz bevor er wieder ging, zu, daß er in guten Händen sei. Ich führte ihn direkt an die Bar, lud ihn dort in meinem rudimentären Französisch zu einem Bier ein und versuchte ihm zu erklären, was ich von ihm wollte, obwohl er mir eigentlich nicht sehr vertrauenerweckend vorkam: Thierry wirkte viel zu alt und irgendwie krank, ich unterstellte ihm, daß seine Behauptung, er sei sechsundfünfzig Jahre alt, gelogen war. Er hatte das faltigste schwarze Gesicht, das ich je gesehen hatte, außerdem war er schon ziemlich kahl, und selbst das wenige verbliebene Haar war schon ergraut, kaum ein paar weiße Fusseln, über den Ohren und dem Nacken verteilt. Da ihm auch einige Zähne fehlten, rutschte ihm die Zungenspitze weg, wenn er redete, es war eine ausgesprochen blasse Zunge, und ich folgerte daraus, daß mir dieser Mann auf den anstrengenden Nachtmärschen einer Expedition nicht sehr nützlich sein würde.

An dem Tag trug er ein purpurrotes Hemd, und es kam mir in den Sinn, mir das zunutze zu machen und ihn darauf hinzuweisen, daß dies genau die Farbe des gesuchten Frosches sei. Ich nahm ein Blatt Papier und skizzierte den *Eleutherodactylus sanguineus,* genauso wie es Vaughan Patterson für mich in dem Restaurant in Nashville getan hatte. Thierry vertiefte sich eine ganze Weile in die Zeichnung, und mir kam es wie ein Trick vor, um Zeit zu gewinnen. Schließlich bat er mich um den Stift, legte sich die Zeichnung auf die Knie und zog um die Augen des Tieres einen Kreis, malte dann den inneren Teil des Kreises aus, damit er mit dem äußeren kontrastierte, und zum Schluß setzte er auf die Maulspitze einen Punkt. Er gab mir die Zeichnung mit dem Hinweis zurück, daß der äußere Bogen des Auges silbrig sei, der innere Bogen jedoch hellbraun, und der Punkt auf dem Maul sei gelb oder graugelb.

Ich nickte schweigend, ohne den Blick von der Zeichnung zu heben; in diesem Moment war ich es, der einige Minuten zu gewinnen versuchte. Als ich Thierry wieder anblickte, bemerkte ich, daß er lächelte: Er hatte die *Grenouille du sang* zum letztenmal vor fast vierzig Jahren gesehen, und das war nicht auf dem Berg der verschwundenen Kinder gewesen. In dem Augenblick sah er mich an, setzte das strahlende Gesicht auf, das er immer machte, wenn er im Begriff war, eine seiner Geschichten zu erzählen – was ich damals noch nicht wissen konnte –, und erinnerte sich an jede Einzelheit der Mission zu dem Ort, an dem er den Frosch gesehen hatte.

»Wissen Sie, was ich auf dem Casetaches gesucht habe?«

Ich schüttelte den Kopf, während ich das Geld für den Vorschuß zählte: Thierry hatte gesagt, daß er vor Arbeitsbeginn einen Vorschuß brauchte.

»Ich suchte eine Frau, Monsieur.«

Ich gab ihm das Geld und hörte ihm mehr als zwei Stunden lang zu. Seine Beobachtungen über den Frosch dienten nur dazu, die Hauptgeschichte auszuschmücken, nämlich die einer armen, gelangweilten Touristin, einer verirrten oder verrückten Deutschen, die sich vorgenommen hatte, in einer Höhle zu leben.

Zu jener Zeit arbeitete er schon mehrere Monate mit einem anderen Froschsucher zusammen. »Ein Mann wie Sie«, sagte er zu mir, ein Mann, der sich im selben Hotel mit ihm verabredet hatte (in der Bar des Oloffson, erinnerte er sich, gab es damals ein grünes Piano; dort logierte ein Alter, der mit seiner Schlange auf den Schultern in die Bar herunterkam, und es sang eine Frau namens June, die sich halbnackt auf dem Piano rekelte) und erst bereit gewesen war, ihn zu engagieren – ich sollte erkennen, wie ähnlich wir uns waren –, nachdem er ein paar Frösche auf eine kleine Tafel gezeichnet und Thierry gefragt hatte, ob er in der Lage sei, sie wiederzuerkennen.

Jasper Wilbur, von Thierry mit dem Spitznamen »Papa Crapaud« versehen, hatte ihm beigebracht, die Frösche anhand ihrer Stimme, ihrer Farbe und ihres Gewichts, anhand ihrer Rückenlinien oder der Flecken auf dem Bauch voneinander zu unterscheiden. Er zeigte ihm, wie man sie einfängt, ohne sie allzusehr zu beschädigen, wie man sie vermißt und herausfindet, ob sie zwischen den Zehen Membranen haben, ob sie eine Zunge haben oder zufällig gerade ihre Eier bei sich tragen. Während er weitere Einzelheiten seiner Ausbildung aufzählte, fiel mir ein, daß Wilbur, ebenfalls ein australischer Professor, ein Freund des alten Patterson gewesen war, und es schien mir ein gutes Zeichen, daß sich der Kreis genau hier schloß, nach so langer Zeit, mit mir und demselben, alt gewordenen Führer, vielleicht sogar mit denselben Fröschen.

Meine Mutter pflegte zu sagen, daß man das Leben so sehen müsse wie den Hauptverdächtigen eines Verbrechens: Es galt Schlüsse zu ziehen und Spuren aufzudekken und sie so kaltblütig zu verfolgen, als wäre es nicht unsere Angelegenheit. Ihrer Meinung nach war nichts von dem, was geschieht, dem Zufall zu verdanken, und es war besser, das zu akzeptieren, bevor der Verdächtige fliehen konnte und das Verbrechen ungestraft blieb. Meine Mutter war eine Künstlerin, die um ihre Mittelmäßigkeit wußte und vieles haßte, aber besonders haßte sie Froschlurche, deshalb malte sie sie in Öl.

An dem Tag, als ich ihr kurz vor Beginn des ersten Semesters meine Entscheidung mitteilte, Zoologie zu studieren, schwieg sie und lief dann in ihr Atelier. Abends brachte sie mir ein Geschenk, ein Bild der Geburtshelferkröte *(Alytes obstetricans)*. Es war ein riesiges Ölgemälde, das sie viele Jahre lang aufbewahrt hatte: Sie hatte es zu malen begonnen, als sie erfuhr, daß sie schwanger war, und genau am Tag meiner Geburt hatte sie es fertiggestellt. Schon seit damals ahnte sie, daß mein Leben, mein ganzes Erwachsenenleben, mit diesen Kreaturen verbunden sein würde.

Die eigentliche Arbeit mit Thierry sollte zwei Tage später beginnen. Wir wollten eine erste Expedition auf den Berg der verschwundenen Kinder unternehmen; um die Anweisungen Pattersons zu befolgen, drang ich trotz allem darauf, dorthin zu gehen. Vorher würden wir in Ganthier, einem Dörfchen am Fuße des Berges, haltmachen, wo Thierry ein paar Freunde hatte, Leute, die ihre Tiere auf den Berg trieben oder einfach nur hinaufstiegen, um Brennholz zu hacken. Seit der Zeit, in der Papa Crapaud durch Haiti gereist war, hatte sich in dem Land viel verändert, so auch der Wald: Laut Thierry wollten auch die Bäume nicht mehr wachsen, und deshalb wirkten die Abhänge von unten so kahl. In Ganthier wollten wir die Leute fragen, ob sie zufällig die *Grenouille du sang* gesehen hätten. Es würde wohl kaum dazu kommen, daß das jemand eingestünde, niemand würde vor einem Fremden die Schande des eigenen Unglücks zugeben wollen, aber Thierry versicherte mir, daß er sich darum kümmern und sie fragen würde, ohne Verdacht zu erregen oder Angst zu erwecken.

Wir verabschiedeten uns an der Tür des Hotels. Es war November, und von der Straße zog ein undefinierbarer Dunst herein, irgendwie der Meeresluft ähnlich, aber mit dem Geruch von Schweiß vermischt, dem Schweiß von niemand Speziellem, dem Schweiß der Vorübergehenden, dem Schweiß der Frauen, die sich in der Umgebung des Hotels hingehockt hatten und versuchten, ihre Waren zu verkaufen – fast immer Gemüse und Hüte –, dem Schweiß der Kellner und dann noch meinem eigenen: Auf Haiti war mein Schweiß ranzig geworden, von einer leicht klebrigen Konsistenz, und wenn er trocknete, wurde das Hemd ganz steif. Mehrmals am Tag ertappte ich mich dabei, wie ich an meinen Achseln schnüffelte, dieser Geruch machte mich neugierig, mein eigener Geruch, so unbekannt wie der Geruch in einem Traum. Diese intensive, ganz und gar unerwartete Ausdünstung einzuatmen befriedigte irgend etwas Unbestimmtes in meinem Innern, schärfte meine Sinne, ich ahnte, daß sie mich bereichern würde.

Thierry zog ein Taschentuch heraus, das genau dieselbe Farbe hatte wie sein Hemd, genau die Farbe des *Eleutherodactylus sanguineus*. Es war ein schmutziges Taschentuch, mit dem er sich die feuchte Glatze und die Schweißperlen um den Mund trocknete. Er sah mich an, vermutlich etwas gerührt, und sagte, daß ich ihn sehr an seinen Papa Crapaud erinnerte, einen guten Mann, der das große Unglück nicht verdient hatte, das ihm beschieden gewesen war.

Ich wußte, daß Jasper Wilbur auf Haiti beerdigt war, aber ich vermied es, in die Falle zu tappen, und fragte nicht, was für ein Unglück das gewesen sei, wie er gestorben oder auf welchem verwahrlosten Friedhof er begraben war. Thierry wartete umsonst und ging dann hocherhobenen Hauptes durch die Menschenmenge die

Straße hinunter, erstaunlich flink, ja, er wirkte sogar recht robust; das Licht der Welt gab ihm diese Vitalität.

Es mußte das Licht sein.

★

In den vergangenen dreizehn Jahren sind in den Wäldern von Queensland in Australien vier Froscharten verschwunden, unter ihnen der *Taudactylus diurnus* und der *Rheobatrachus silus*.

Der *Taudactylus diurnus* wurde Anfang 1979 zum letztenmal in den Connondale Ranges gesehen.

1981 wurde ein letztes, sterbendes Exemplar des *Rheobatrachus silus* ausfindig gemacht.

Der *Rheobatrachus silus* wurde 1973 zum erstenmal beschrieben. Im selben Jahr entdeckte der Herpetologe Chris Corben, daß es sich um das einzige Tier auf der Welt handelte, das seine Embryonen im Magen ausbildete. Dennoch war sein Magen nicht anders beschaffen als der anderer Arten, nur wenn er Embryonen enthielt, wurden die Magenwände dünner, und die Salzsäureproduktion wurde eingestellt.

Die Wissenschaftler versuchten, das Ausbleiben der Säuren als mögliche Behandlungsmethode gegen Magenkrankheiten beim Menschen zu erforschen.

Es war weder herauszufinden, woher die Kaulquappen Sauerstoff bekamen, noch, wie sie sich ihrer Exkremente entledigten.

Jetzt wird man es nie mehr erfahren.

Herz

MEINE MUTTER war damals schon gestorben. Mein Bruder Etienne war nach Coteaux gezogen und arbeitete in der Tischlerei seines Schwagers. Meine Schwester Yoyotte lebte schon lange in Bombardopolis und kochte in der Kneipe ihrer Patentante, der uralten Yoyotte Placide.

Wir hatten uns gerade zu Tisch gesetzt, mein Zwillingsbruder Jean-Pierre schälte eine Banane, Paul, der Jüngste meiner Mutter, trällerte ein Lied aus Martinique, und Frou-Frous Sohn Julien spielte mit dem Besteck *Macoute perdido*«, sein Lieblingsspiel. Frou-Frou war auch da, sie war nach dem Tod unserer Mutter zu uns gezogen. In dem Augenblick schimpfte sie Carmelite, weil der Reis zu hart war. Da hörten wir die Stimme meines Vaters. Zu dieser Zeit erwarteten wir ihn normalerweise nicht, denn nachts arbeitete er in seinem Trupp, aber wir sahen ihn kommen und schwiegen. Er ließ uns den Tisch abräumen und befahl den Frauen, Kaffee zu machen, dann sagte er zu Paul, daß er draußen warten solle. Da er uns ja nicht mit Namen ansprach, niemals, blickte er hinüber zu der Stelle, wo Jean-Pierre und ich nebeneinandersaßen, sah Jean-Pierre an und befahl auch ihm, rauszugehen. Zu Julien mußte er nichts sagen: Als gehörte es zu seinem Spiel, lief der Junge zur Tür, von dort

35

aus schoß er mit seinem Holzgewehr auf uns und verschwand.

Nur ich blieb im Zimmer, und mein Vater setzte sich neben mich, mit mir hatte er zu reden, zu mir sagte er: »Bleib hier.«

Zu dem Zeitpunkt wußten wir noch nicht, daß er in Begleitung zweier Männer gekommen war. Einer von ihnen war Ausländer, ein Deutscher; der andere war ein Haitianer, der in einem Hotel in Port-au-Prince arbeitete und englisch sprach; der Deutsche hatte ihn angeheuert, um sich mit meinem Vater verständigen zu können: Alles, was dieser Mann wollte, war, daß wir ihm halfen, seine Frau zu suchen.

Sie war tags zuvor in Jérémie gesehen worden. Die Männer vom Trupp meines Vaters hatten sie entdeckt, die Jäger, von denen ich schon erzählte; sie arbeiteten bis zum Morgengrauen, weil sie unbedingt ein Tier erwischen wollten, und als ihnen die Frau auffiel, folgten sie ihr eine Weile – sie taumelte durch das Dorf –, ließen es später aber sein, weil sie bemerkt hatten, daß es sich um eine Verwirrte handelte. Sie können sich gar nicht vorstellen, wie das ist mit den Frauen, die aus dem Gleichgewicht geraten, sobald sie einen Fuß auf Haiti setzen, ganz normale Hausfrauen, die hierherkommen, um sich zu sonnen, und am Ende auf krummbeinigen Eseln hinauf zur Zitadelle reiten. Das ist der größte Fehler, denn von diesem Spazierritt – ich weiß nicht, warum – kehren sie völlig außer sich zurück, mit schmutzigen Kleidern und hervorquellenden Augen; so durchstreifen sie dann das Land, und es graut einen, wenn man sie sieht. Wenn sie mit einem Ehemann gekommen sind, schleppt der sie zurück zu dem Schiff oder dem Flugzeug, das sie herbrachte. Wenn sie allein sind, und ein paar sind allein, hält die Polizei sie fest und steckt sie ins Irrenhaus. Die Wächter informieren dann die Familie, und sofort erscheint ein Bruder, ein Vater oder ein Sohn, immer kommt ein Mann, um sie abzuholen, und dem Mann geben sie sie zurück.

In dieser Nacht erzählte mir mein Vater, was er wußte: Die Frau war durch Jérémie gekommen, aber statt am Strand zu bleiben oder nach Bonbon zu spazieren – das ist ein ruhiges Dörfchen –, hielt sie einen Lieferwagen an, der nach Dame Marie fuhr, bot dem Fahrer Geld an, und der Mann nahm sie mit. Auf halbem Weg, als sie am Berg Casetaches vorbeikamen, rief sie, sie wolle aussteigen; der Mann wies sie darauf hin, daß dies nicht der geeignete Ort für eine Dame ohne Begleitung sei, aber sie antwortete nicht. Jedenfalls stieg sie aus und ging direkt auf das Dickicht zu.

Ich kenne den Casetaches wie meine Hosentasche, Monsieur. Als ich in Jérémie lebte, stieg ich zweimal die Woche hinauf. Papa Crapaud kam mit mir, ich half ihm, seine Frösche einzusammeln, und stellte bei der Gelegenheit Fallen für die Mangusten, öffnete ihre Eingeweide, um zu sehen, ob sie zufällig einen Frosch gefressen hatten, denn wenn es so war, mußte Papa Crapaud das erfahren.

Wenn ich nicht ihn begleitete, nahm ich Carmelite mit, die ziemlich gewachsen und ein hübsches Mädchen geworden war. Frou-Frou wußte, daß wir zusammen hinaufgingen, und offensichtlich störte es sie nicht; mein Vater wußte es auch, und es störte ihn noch weniger. Ich glaube, insgeheim beneidete er mich, es hätte ihm gefallen, wohin auch immer mit seiner eigenen Stieftochter zu klettern, aber er war schon alt und hielt sich zurück.

Auf dem Casetaches gab es damals ungefähr sieben Höhlen (heute sind es nur noch fünf), und ich kannte sie alle, auch von innen. Aus diesem Grund hatte mein Vater beschlossen, daß ich die Frau suchen sollte, der Deutsche würde einen Vorschuß bezahlen – Sie wissen ja, daß ich gerne einen Vorschuß nehme. Meine einzige Bedingung war, daß mein Bruder Paul mich begleitete. Mit Jean-Pierre verstand ich mich besser, aber sein Hinken wäre mir bestimmt hinderlich gewesen. Kaum hatte ich das gesagt, wurde mein Vater ernst und schlug mit der Faust auf den Tisch: Das sei eine Arbeit für einen einzelnen Mann; wenn er meine Brüder hinausgeschickt hatte, dann deshalb, damit sie sich nicht einmischten. Wer ich denn sei, daß ich einen Gehilfen brauchte?

Ich öffnete den Mund, um meinen Vater zu erklären, daß es nicht ratsam sei, diesen Bergrücken allein zu besteigen, aber er öffnete mir seinerseits die Augen, und zwar derart, daß ich den Kopf hängen ließ: »Wenn du keinen Mumm hast, dann sag es gleich, und ich such mir einen anderen.«

Ich sagte nichts, oder vielmehr, ich sagte leise, ich sei bereit zu gehen.

In dieser Nacht schlief der Deutsche in unserem Haus, denn das einzige kleine Hotel, das es in Jérémie gab, war geschlossen, und Frou-Frou forderte Carmelite auf, eine

Pritsche herzurichten. Er war ein Mann im Alter unseres Vaters, seine Hände waren voller Muttermale, und er sah ständig auf seine Armbanduhr. Der Haitianer, der mit ihm gekommen war, schlief auch bei uns. Carmelite gab ihm eine Decke, denn wir hatten keine zweite Pritsche, und als der Mann mit der Decke in den Händen stehenblieb und nicht wußte, was er tun sollte, kam Frou-Frou sofort herbeigelaufen, tadelte ihre Tochter wegen ihrer Unhöflichkeit, nahm die Decke und breitete sie auf dem Boden aus. Der Mann legte sich hin, und Frou-Frou brachte ihm einen Becher Kaffee; der Deutsche wollte nichts trinken, er deckte sich zu und blieb liegen, den Blick zur Zimmerdecke gerichtet, bis wir das Licht löschten.

Bevor mein Vater wieder mit seinem Trupp loszog, trug er Frou-Frou auf, mir einen Rucksack mit Wasser, Essen, Rum und, für den Fall, daß es nachts regnen würde, einer Plane fertigzumachen. Außerdem befahl er ihr, ein Seil einzupacken, damit ich die vermißte Frau fesseln konnte. Frou-Frou packte von sich aus noch Zigaretten dazu und zum Schluß ein Fläschchen Alkohol, denn vielleicht würde ich auf dem Casetaches einen seltenen Frosch für Papa Crapaud finden, der nach Guadeloupe gereist war, um dort nach Fröschen zu suchen.

Am folgenden Morgen weckte mich Frou-Frou, indem sie mich am Hemd zupfte. Ich hatte mich angezogen schlafen gelegt, so daß ich nur den Rucksack zu nehmen und die Laterne anzuzünden brauchte; dann ging ich ganz leise hinaus, um die anderen nicht zu stören. Als ich an der Pritsche des Deutschen vorbeikam, sah ich im

Laternenlicht sein Gesicht, er lag noch immer mit offenen Augen da, den Blick fest auf die Zimmerdecke geheftet. Auf dem Boden war die Decke, die Frou-Frou für den anderen Mann ausgebreitet hatte, aber er selbst war nicht da, und ich dachte, er habe genug von den harten Bodendielen gehabt und sich anderswo ein Lager gesucht.

Ich ging zum Dorfplatz. Mein Vater befahl mir, den ersten Lastwagen zu nehmen, der nach Dame Marie fahren würde, und dann an derselben Stelle wie die Frau auszusteigen. Da wir nicht wußten, wie lange ich brauchen würde, um sie zu finden, verblieben wir so, daß ich in der kommenden Nacht, mit der Frau oder ohne sie, zur Landstraße zurückkehren sollte, wo sie mich im Auto erwarten würden, der Deutsche, mein Vater und auch der andere Mann, der für die Verständigung sorgte.

Die Sonne stand schon ziemlich hoch, als ich vom Lastwagen sprang. Zwischen der Landstraße und dem Casetaches gibt es einen langen baumlosen Abschnitt, und man kann sich nicht vorstellen, je auf dem Berg anzukommen. Wenn man aber beim Gehen die Augen auf den Boden richtet, statt in die Ferne zu schauen, ist man schon bald da; dann gelangt man schnell an eine Reihe sehr niedriger Büsche, die *Œuf de poule* genannt werden, und von dort aus erreicht man vollends den Gipfel.

Mein Vater hatte mir beigebracht, daß man um Erlaubnis bitten muß, bevor man einen Berg besteigt: Man bittet die *Loas* um Erlaubnis, das sind die »Mysterien«, die in dieser Region herrschen. Nun gut, an diesem Tag bat auch ich um die Erlaubnis aufzusteigen – ich dachte nicht immer daran –; sobald ich die Schatten der ersten Büsche vor mir hatte, bekreuzigte ich mich, schloß die Augen und murmelte: »Barón Samedi, Barón-la-Croix, Papá Lokó, ich bitte um Erlaubnis, auf den Berg zu steigen«, öffnete die Augen einen Spalt und bat alle *Loas* gleichermaßen, mir den Weg zu öffnen.

Im weiteren Verlauf des Morgens und einen guten Teil des Nachmittags suchte ich Spuren. Mein Vater war der beste Fährtensucher seines Trupps und hatte mir beigebracht, menschliche Spuren ausfindig zu machen, die anders und schmutziger sind als die der Tiere. Da es nicht zweckmäßig war, daß die Frau mich zuerst entdeckte, steckte ich ein paar Zweige auf meinen Hut und ein paar weitere in meinen Rucksack, für den Fall, daß einige herabfielen und ich sie ersetzen mußte. Es konnte auch sein, daß ich die Frau tot auffinden würde: Sie war schon zwei Tage auf dem Berg, den Stichen der *Cul-rouge*-Spinnen und der dunkelvioletten Skorpione ausgesetzt. Sollte sie zu verwirrt sein, hatte sie möglicherweise kein Wasser gefunden. Man muß sehr geschickt sein, um auf dem Casetaches Wasser zu finden.

Bei Einbruch der Dunkelheit waren weder die Frau noch ihr verdammter Schatten aufgetaucht. Ich setzte mich zum Ausruhen auf einen Stein und deckte mich mit der Plane zu, denn es hatte angefangen zu nieseln. Dann öffnete ich die Rumflasche, die mir Frou-Frou in meinen Rucksack gesteckt hatte, und dachte an die Höhlen, die schon sehr nah waren, und daran, welche am besten geeignet wäre, um dort die Nacht zu verbringen. Darauf konzentrierte ich mich gerade, als ich die *Grenouille du sang* hörte: Der Gesang dieses Tieres ist kein normaler Gesang, es ist eine Art Glugluglu und erinnert an eine große Blase, die aus der Tiefe emporsteigt.

Ich bekam eine Gänsehaut. Das letztemal hatte ich ihn als Kind gehört und am nächsten Tag dieses Fieber bekommen, ich sah schon den Tod nahen: Ein braunes Schwein mit drei Vorderfüßen, genauso beschrieb ich es damals meinem Vater, der mir dann zum Trost diese Frucht mitbrachte, die wie gesegnetes Fleisch war. Weder ich noch irgend jemand aus meiner Familie hat je gern den Gesang dieses Frosches gehört. Ich schwöre Ihnen, daß ich anfing zu zittern, irgend etwas in dieser Nacht war nicht in Ordnung, und ich beschloß, das Tier zu suchen, um es mit einem Schlag zum Schweigen zu bringen. Papa Crapaud hatte mir beigebracht, mich nicht verwirren zu lassen, er hatte mir versichert, daß es manchmal, wenn man den Gesang auf einer Seite zu hören glaubt, bedeutet, daß das Fröschlein auf der anderen Seite sitzt. Sie tun das, um die Eidechsen und die Mäuse und, wer weiß, vielleicht auch die Menschen irrezuführen.

Ich streifte die Plane ab, und der Nieselregen rann mir übers Gesicht, ich bog ein paar Blätter zur Seite und leuchtete mit der Laterne den Boden und die Löcher in den Baumstümpfen ab. Als der Frosch merkte, daß er gesucht wurde, verstummte er, ich richtete den Strahl der Laterne woanders hin, damit er wieder anfing zu singen, und dann sah ich in der Dunkelheit diese Augen, oder besser gesagt, zwei silbrige Halbmonde, die sich vor mir bewegten. Ich hätte ihn zerquetschen können, wenn ich gewollt hätte, ich hätte ihn auch in das Fläschchen stecken

und für Papa Crapaud aufbewahren können, der sonst-
was dafür gegeben hätte, ihn zu sehen, aber ich überlegte, ob nicht vielleicht das Unglück mit der *Grenouille du
sang* davon kam, daß alle Welt ihn töten will. Vielleicht
ginge er zu den *Loas*, die seine natürlichen Herren sind,
wenn ich ihn leben ließe, und würde sie besänftigen und
ihnen erzählen, daß ich ihn gut behandelt hätte.

Ich ging ein bißchen näher und leuchtete ihn frontal
an, um ihn zu blenden: ein Teil seines Körpers war unter
einem Stein verborgen, aber ich sah, daß er so rot wie eine Frucht oder wie das Herz eines Tieres war. Dann wurde der Regen stärker, und der Frosch bewegte sich etwas,
verließ seinen Unterschlupf und war gänzlich der Witte-
rung ausgesetzt; im Glanz des Regens schien er mir wirklich wie in Blut gebadet, es war schön, ihn anzusehen,
und es machte angst.

Ich wollte noch etwas näher herankommen, als er einen Satz machte und verschwand, da knipste ich die Laterne aus und hätte am liebsten geweint. Ich war noch
sehr jung und erinnerte mich an meine tote Mutter und
bat ihren Geist, mich zu beschützen. Das nahm mich gefangen, als ich das Geräusch von Schritten hörte; jemand
ging im Kreis um mich herum.

Ich warf mich zu Boden – mein Vater sagte immer,
wenn man umzingelt wird, bewegt man sich am besten
so vorwärts, flach auf der Erde –, aber ich hatte keine
Zeit, vorwärts zu kriechen, denn in der Dunkelheit stieß
meine Hand auf etwas, es war etwas Weiches und Kleb-
riges, und ich hatte den Eindruck, es sei wieder das
Fröschlein, ich stellte mir vor, es sei ein Frosch, um mir

nicht die Wahrheit eingestehen zu müssen. Was ich berührte, war ein Spann, das lebendige Bein eines Christenmenschen. Ich bohrte meine Fingernägel hinein und machte die Lampe an: Da war die Frau, nackt, der ganze Körper triefte von blutigem Wasser, Regenwasser und Blut von wer weiß woher. Ich versuchte aufzustehen und spürte einen Schlag auf der Schulter, sie schlug mich mit einem Zweig des *Arbre au diable*, und die schwarzen Dornen des Zweiges, die ziemlich giftig sind, rissen mir die Wange auf, einer davon bohrte sich nahe am Auge in meine Haut, einen Moment lang sah ich nur schwarz und dachte, es wäre mir ausgeflossen.

Haben Sie sich die Verrückten schon mal genauer angesehen? So einfältig und schwächlich sie wirken können, haben sie doch immer mehr Kraft als die Vernünftigen. Nun, sie hatte diese Kraft und schlug mich mehrmals, bis ich ihr den Zweig entreißen konnte. Dann war ich dran: Ich gab ihr einen Hieb, einen einzigen, aber festen auf den Rücken, und sie fiel bäuchlings zu Boden und begann, Tritte auszuteilen, ich drückte ihr den Fuß in den Nacken, dann kniete ich mich auf sie, um sie zu Boden zu drücken, und nur so konnte ich ihr die Hände fesseln. Ich bemerkte, daß sie zitterte, ich weiß nicht, ob vor Kälte oder vor Wut, ich zwang sie aufzustehen und schubste sie vor mir her, wies sie darauf hin, daß ich sie, sollte sie nicht gehen wollen, bis zur Höhle schleifen würde. So verrückt war sie aber nicht, denn sie gehorchte mir. Wir gingen lange Zeit nebeneinander, bis wir auf die Rattenhöhle trafen, diesen Namen hatte ich dem Loch als Junge gegeben.

Anstatt zufrieden zu sein, weil ich am nächsten Tag das restliche Geld kassieren würde, war ich sehr unruhig, fragte mich, wie es möglich war, daß sich irgendein Mann bemühen konnte, eine so schamlose Frau wie diese wiederzufinden, eine Frau, die nicht einmal eine zu sein schien. Ich betrachtete sie neugierig: Mir haben weiße Frauen nie gefallen, aber diese hier war hager und hatte kaum Brüste, und als ich sie so nackt sah, war mir, als würde ich meinen Bruder Paul anschauen, meinen eigenen Bruder in Weiß und Blond, obwohl man nicht einmal sagen konnte, daß sie viele Haare gehabt hätte. Und eine Frau muß eine Mähne haben, eine Mähne zwischen den Beinen, unter den Armen und auf dem Kopf. Mein Vater sagte immer: »Einem Weib, das diese drei Mähnen nicht hat, darf man nicht trauen.«

Ich versuchte, mir sein Gesicht vorzustellen, wenn er entdecken würde, daß die Frau vom Casetaches das Haar so kurz trug, daß man den Schädel durchscheinen sah, unter den Achseln einen Flaum wie ein Maiskolben hatte und zwischen den Beinen rasiert war. Glauben Sie mir, die rasierte sich da, welche Frau tut so was? Ich flößte ihr gewaltsam einen Schluck Rum ein, damit sie nicht starb, bevor ich sie ihrem Mann zurückgeben konnte, erklärte ihr, daß dieser Mann sie suchte, daß er viel Geld dafür bezahlte, um sie wiederzusehen, und daß sie darüber froh sein sollte, denn nicht alle Ehemänner lassen ihre Frauen suchen, wenn sie von der Tarantel gestochen sind. Sie verstand die Worte meines Mundes nicht, aber ich war sicher, daß sie nach und nach die Worte meiner Gedanken verstehen würde.

Im Morgengrauen begann sie zu husten, ich legte ihr die Plane um die Schultern, und sie schlief ein. Da hörte ich zum erstenmal ihre Stimme. Sie sprach leise, als redete sie mit ihren Toten, und obwohl auch ich die Worte ihres Mundes nicht verstand, konnte ich eins nach dem anderen die ihres Herzens begreifen. Ich muß Ihnen gestehen, daß sie mir in diesem Moment leid tat, und ich schloß die Augen, um einschlafen zu können. Ich wünschte nur, daß es hell und wieder dunkel werden würde, damit wir hinabsteigen könnten und ich sie abliefern könnte.

Es war fast Mittag, als ich erwachte. Die Augen der Frau waren weit aufgerissen, und sie hatte es irgendwie feritggebracht, sich die Plane abzustreifen. In der Höhle war es heiß. Ich steckte ihr ein Stückchen Maniok in den Mund, das sie ausspuckte, dann zwang ich sie, einen Schluck Wasser mit Zucker zu trinken. Sie dürfe nicht sterben, sagte ich zu ihr, nicht bevor wir den Berg verlassen hätten. Sie schwieg, beklagte sich nicht einmal, als ich ihr ein bißchen Rum auf eine offene Kopfwunde träufelte – bestimmt hatte sie sich an einem Stamm geschnitten – und ihr versicherte, daß ich das zu ihrem Besten täte: Es blieb noch viel Zeit, bis es dunkel wurde und wir ins Dorf zurückkehren konnten. Und die *Cul-rouge*-Spinnen mochten den Geschmack von Blut sehr. In der Höhle wimmelte es von *Culs-rouges*, und um es ihr zu demonstrieren, suchte ich eine besonders große und setzte sie ihr auf die Stirn. Sie verzog weder das Gesicht, noch schrie sie, sie schien keine Angst vor der Spinne zu haben. Im Gegenteil, sie stupste sie mit der Nasenspitze in den

46

Bauch, die Beine des Tiers streiften über ihren Mund, was ihr Spaß machte, und sie fing an zu lachen. Da ließ ich das Tier fallen, und es floh schnell wieder in seine Ecke.

Ich ging hinaus und aß das Trockenfleisch, das mir Frou-Frou mitgegeben hatte. Dann machte ich einen kleinen Spaziergang; ich mochte dieser Frau nicht so nah sein und wollte sie bis zum Zeitpunkt des Abstiegs nicht mehr sehen. Damals gab es auf dem Berg noch mehr Bäume als heute: Unten war der *Œuf de poule*, aber oben wuchsen der *Bois immortel*, der *Brucal*, der *Mancenillier*, und alle dienten demselben Zweck, nämlich Gift zu gewinnen.

Das Gift benutzten wir zum Fischen. Wir warfen es auf die Fische im Wasser und betäubten sie damit, um sie schnappen zu können. Der Saft des *Mancenillier* verletzt die menschliche Haut, und die *Pwazons rats* aus dem Trupp meines Vaters stiegen oft hinauf, um die Tropfen aufzufangen, sie sammelten auch die Blättchen des *Bois cacá* und die Rinde des *Bois marbre*. Die Blättchen gab man den Pferden zu fressen, damit sie die Mähnen- und Schwanzhaare wechselten; gibt man einer Frau ein einziges Blättchen, verliert sie all ihr Haar, die drei Mähnen, die meinem Vater so sehr gefielen. Die Rinde des *Bois marbre* wurde nahe den Verstecken der Tiere verbrannt, die gerade gejagt wurden, denn dann kamen sie heraus, um Luft zu holen, sie taten das blind, denn der Rauch des *Marbre* vernebelte die Augen, und so erwischte man sie.

Ich spazierte herum, bis es dunkel wurde, und vergnügte mich damit, kleine Eidechsen für Papa Crapaud zu fan-

47

gen. Es waren keine gewöhnlichen Eidechsen, sondern blinde weiße, wie sie fast nie zu sehen waren. Ich entdeckte einen Bau von ihnen und zog eine nach der anderen am Schwanz heraus, konzentrierte mich auf die Linie seitlich des Körpers, ein grünes Streifchen, das nicht immer an derselben Stelle ist. Papa Crapaud hatte gesagt, daß es wichtig sei, herauszufinden, bei wie vielen Eidechsen der grüne Streifen am Bauch und bei wie vielen er hinten kurz vor dem Zehenansatz ende. All das mußte ich notieren, bevor ich sie in Alkohol tauchte, denn der Alkohol verbrannte sie, und diese Eidechsen mit ihrer so weißen Haut wurden darin fast durchsichtig. An diesem Tag hatte ich weder Papier noch Bleistift bei mir, aber auf dem Täfelchen in meinem Geist – viel kleiner als die Tafel, die Papa Crapaud immer bei sich trug – notierte ich, daß bei fünfen der Tiere der Streifen bis zur Flanke verlief und daß er nur bei zweien zwischen den Zehen endete.

Ich kehrte in die Höhle zurück und sah, daß die Frau eingeschlafen war. Ich weckte sie, wickelte ihr die Plane um die Taille, und wir machten uns auf den Weg. Sie roch fürchterlich, ähnlich wie die Ausdünstung der *Tulipe du mort*, ich weiß nicht, ob Sie diese Blume schon mal gesehen haben: Sie hat einen schwarzen Kelch, etwa so dick, und wenn man hineinsticht, tritt ein ekelhafter Strahl aus. Nun, genauso roch die Frau. Vielleicht hatte sie während der ganzen Zeit auf dem Berg nichts anderes zu trinken gefunden und schwitzte jetzt das Wasser eines Massensterbens aus: Man muß den Durst eines Verurteilten haben, um die Galle dieser Blume schlucken zu können.

Auf dem Weg stolperte sie mehrmals, oder vielleicht

tat sie nur so. Ich half ihr aufzustehen und biß mir auf die Zunge, um nicht die Selbstbeherrschung zu verlieren. Ich versuchte, an das Geld zu denken, das ich verdiente, rechnete aus, wieviel ich hierfür und wieviel dafür ausgeben würde, und zog im Kopf die Summe ab, die mein Vater einbehielt.

Als die Frau wieder einmal hinfiel, hörte ich erneut das Glugluglu der *Grenouille du sang*, ich konnte nicht wissen, ob es sich um denselben Frosch handelte, aber ich erkannte, daß er es war und daß er uns folgte. Wir waren schon ziemlich nah bei der Landstraße, und es beunruhigte mich, kein einziges Licht zu sehen. Ich hatte mit meinem Vater vereinbart, daß sie die Autoscheinwerfer anmachten, damit ich sie erkennen konnte, und begann mich zu fragen, was geschehen würde, wenn niemand uns abholte in jener Nacht, was ich dann tun würde mit dieser blutverschmierten nackten Weißen. Sie zerrte an mir und sagte ein paar Worte, hielt inne und sprach weiter, ohne sich darum zu kümmern, daß ich sie nicht verstand, dann stieß sie einen Schrei aus und warf sich zu Boden. Sie wußte, daß ich sie zu ihrem Mann zurückbringen würde, aber sie wollte nicht zu ihm zurück. Ich wollte sie zwingen aufzustehen, aber sie biß mir in die Hand, und mit derselben Hand schlug ich ihr ins Gesicht; ihr Kopf flog hin und her, weil ich immer weiterschlug. Ich hatte große Angst, daß sie uns aufgegeben haben könnten.

Dann beschloß ich, daß es das beste wäre, zu warten, deshalb lehnte ich mich gegen ein paar Büsche, löschte die Lampe und hörte in der Dunkelheit eine Zeitlang nur den Atem der Frau. Ich wollte glauben, daß sie so atmete, als würde sie ihre Seele ausspucken. Nach einer Weile blinkten die beiden Scheinwerfer auf, erloschen sofort wieder und blinkten erneut auf: Das war das Zeichen, und ich wußte, daß mein Vater dort unten war, niemals zuvor hatte ich mich so gefreut, ihn nahe zu wissen. Ich nahm die Frau am Arm, und sie stand widerstandslos auf; offensichtlich hatte sie ihre Meinung geändert, hatte resigniert oder vergessen, daß sie sich nicht damit hatte abfinden wollen: Sie ging dann so schnell, daß ihr die Plane herunterrutschte und ich sie nicht mehr zudecken konnte.

Der Mann erwartete uns auf der Straße, ich ging zu ihm und übergab ihm seine Frau. Mein Vater und der Haitianer, der zwischen den beiden gedolmetscht hatte, waren im Auto geblieben und riefen mir zu, ich solle auch einsteigen. Ich hörte, wie der Mann leise sprach, und dann hob er die Stimme. Die Nacht war dunkel, und ich leuchtete den Mann und seine Frau mit meiner Lampe an: Die Hände der Frau waren immer noch gefesselt, aber plötzlich spuckte sie ihn an; sie wollte ihm ins Gesicht speien, aber da sich der Mann bewegte, landete die Spucke auf seinem Hemd. Mein Vater stieß einen Fluch aus, und ich löschte die Lampe. Ich stieg wortlos ins Auto und wurde auch nicht gegrüßt. Sofort hörte ich wieder die Schreie: Beide schrien, aber es war auch das Geräusch von Schlägen zu hören, und ich dachte daran, meinem Vater zu sagen, er solle doch dem Mann raten, nicht zu hart zu seiner Frau zu sein, weil sie sonst sterben könnte. Aber mein Vater stieß einen weiteren Fluch aus, und ich konnte nichts mehr sagen.

Der Mann öffnete die Tür an meiner Seite. Ich rutschte schnell vom Sitz, und der Mann schob seine Frau wie ein Bündel ins Auto; sie klagte leise, und als wir schon unterwegs waren, erbrach sie sich. Ich roch Blut, und meine Schuhe füllten sich mit dieser warmen Flüssigkeit. Später klagte die Frau wieder, und manchmal stieg aus ihrer Kehle jenes glucksende Gurgeln empor, ähnlich dem Gesang des Frosches.

Bei der Ankunft in Jérémie sagte der Deutsche etwas zu dem Haitianer, der ihn begleitete, und dieser fragte uns, wo wir aussteigen wollten. Mein Vater bat ihn, uns zum Hafen zu bringen, und ich fragte nach dem restlichen Geld, aber niemand antwortete mir, und so hielt ich lieber den Mund.

Als etwas Licht von der Straße hereindrang, konnte ich das Gesicht der Frau sehen: Sie war ohnmächtig oder tot, aus ihrer Nase lief Blut, und auch an ihrem Ohr klebte trockenes Blut.

Das Auto hielt am Meer, und nur der Haitianer aus Port-au-Prince verabschiedete sich von uns; der Deutsche sah auf seine Uhr, und dann betrachtete er das zusammengekauerte Bündel, das seine Frau war. Mein Vater und ich stiegen aus, gleich darauf quietschten die Reifen, und wir sahen sie auf der Landstraße in Richtung Roseaux davonfahren.

Wir gingen langsam nach Hause. Er hatte sich eine Zigarette angezündet und blieb unterwegs stehen, zog ein Bündel *Gourdes* aus der Tasche und gab es mir. Zwischen den *Gourdes* steckten auch ein paar Dollar, ich zählte sie nicht vor ihm, dazu hatte ich nicht genug Mut. Frou-

Frou deckte gerade den Tisch, Carmelite half ihr, die Teller hinzustellen, und Julien, der jüngste Sohn meines Vaters, spielte wieder das Spiel »Macoute perdido«. Paul sah ich nicht, aber ich hörte, daß er im Bad sein Lieblingslied sang:

Toc-toc qui est-ce qui
frappe a ma porte?
C'est moi doudou,
c'est moi l'amour.

Ich zog die Fläschchen mit den kleinen Eidechsen, die ich für Papa Crapaud gefangen hatte, aus dem Rucksack, legte sie ordentlich nebeneinander vor mein Bett, und Carmelite lief sofort herbei, um sie zu betrachten. Julien hörte auf zu spielen, kam hüpfend näher und schubste die anderen, um besser sehen zu können. Danach gesellten sich Frou-Frou und, hinter ihr, mein Vater zu uns. Beide begannen zu lachen, mein Vater schüttelte sich aus vor Lachen, als hätte man ihm einen sehr guten Witz erzählt.

Schließlich beruhigten sich alle wieder, und Frou-Frou servierte die Suppe. Mir stieg ein Geruch in die Nase, und ich sah auf meine Schuhe hinunter, denn mir fiel plötzlich ein, daß sie ganz verschmutzt waren. Das war das Signal dafür, daß sich mir gleich der Magen umdrehte. Mir stieg ein Knoten wie aus Würmern in den Hals, und ich hatte kaum noch genug Zeit, nach draußen zu laufen und ihn auf die Erde zu würgen, so voller Kummer, als spuckte ich mein eigenes Herz aus.

Vögel, die du nicht kennst

»Das ist kein Tier: Das sind die Knochen eines Christenmenschen.«

Thierry stocherte weiter in dem Hügel herum, und nach einer Weile hatte er das gefunden, was er suchte: einen braunen Schädel. Von der Stelle aus, an der ich mich befand, sah ich, wie er seinen Schatz abstaubte, ihn mit einer Hand hochhob, die leeren Augenhöhlen und das klaffende Mundloch untersuchte.

»Sie haben ihm die Backenzähne herausgebrochen«, fügte er hinzu. »Und der Kieferknochen ist von unten zerschmettert.«

Er brachte mir den Schädel und hielt ihn mir vor die Nase, aber ich sah ihn mir nicht sofort an, sondern fuhr damit fort, die Fläschchen zu beschriften. Wir campierten schon seit drei Tagen und Nächten auf dem Berg und das einzige, was wir bisher erbeutet hatten, war eine Handvoll Exemplare des *Bufo gurgulio*, einer kleinen Kröte mit blauem Bauch, deren Gesang ich in derselben Nacht aufgenommen hatte, in der mir Thierry von seinen wehmütigen Erinnerungen erzählte, in der Nacht, in der ich erneut an Martha und an das prophezeite Feuer dachte, in dem ich meinen Tod finden sollte.

»Das sind die Knochen von etwa sieben Leichen. Mindestens sieben.«

Er sagte das langsam, als erfreue er sich an seiner eigenen Schätzung, aber innerlich war er erschrocken, ich merkte es an seinen Händen, an dem Zittern seiner Finger, die er nur mühsam ruhig hielt. Zu Anfang, als wir die ersten Reste fanden, sagte ich zu ihm, daß sie sicherlich von einem Tier stammten, etwas anderes konnte ich mir einfach nicht vorstellen. Ich versuchte ihn zu überzeugen, wollte ihn von der Stelle wegziehen, aber er beschränkte sich darauf, mir einen offenen Brustkasten zu zeigen. Sein Triumph war komplett, als er schließlich den Totenschädel ausgrub.

»Wir müssen das der Polizei melden«, gestand ich ein, ohne mir allzu große Bestürzung anmerken zu lassen. »Lauf hinunter und benachrichtige die in Ganthier.«

Er antwortete nicht, kehrte auf den Hügel zurück und setzte seine Suche fort. Ich nahm den Schädel mit zwei Fingern hoch und untersuchte das Innere; er roch nach verfaultem Fleisch, und es klebten noch Gewebsreste am Kiefer. Ich untersuchte den gebrochenen Knochen, entdeckte, daß es noch eine andere Fraktur hinter dem linken Ohr gab, legte den Schädel schließlich neben die Fläschchen mit den konservierten Kröten und ging zu Thierry, verharrte schweigend neben ihm und sah ihm dabei zu, wie er die Erde beiseite schaufelte, und dort blieb ich stehen, bis es ihm gelang, einen weiteren Schädel herauszufischen.

»Es sind bestimmt sieben«, wiederholte er. »Ich schwöre es bei Gott.«

Ich packte ihn am Arm und zwang ihn, seinen Fund fallen zu lassen.

»Du darfst keinen mehr ausgraben. Lauf hinunter ins Dorf und gib Bescheid.«

»Das da ist der Bescheid«, brummte er, und jetzt war seine Stimme verändert, klang ganz hohl. »Wir müssen beide hinuntersteigen.«

Ich tat so, als hätte ich ihn nicht gehört, und zog aus meiner Hosentasche den Plan, den wir am Vorabend gezeichnet hatten.

»Ich muß noch diese Region hinter dem Trockenwald durchkämmen.«

»Runtersteigen, wir müssen runter«, insistierte er mit gesenktem Kopf. »Sehen Sie nicht, daß wir stören?«

Ich ging zu den Fläschchen zurück und verstaute sie im Rucksack. Der Schädel lag einsam im Unterholz, als würde er über etwas nachgrübeln, und ich wickelte ihn in ein Taschentuch und deponierte ihn am Fuße eines Baumstamms.

»Wenn wir diese Nacht hierbleiben«, flüsterte Thierry, »werden auch wir in diesem Grab landen.«

Er zeigte auf den ausgegrabenen Haufen, auf dem inzwischen ganze Fliegenschwärme klebten. Er schien aufrichtig, und dennoch fühlte ich mich dazu verpflichtet, ihm zu mißtrauen, diese absurde Gefahr zu leugnen, die meine Arbeit zu stören drohte; verpflichtet, alles zu vergessen, außer dem, was mich bewogen hatte, auf den Berg zu steigen. Einem Mann kann doch nichts wirklich Ernstes passieren, wenn das einzige, was er sucht, das einzige, was er will, ein schlichter Frosch ist.

»Gehen wir zum Lagerplatz zurück«, sagte ich zu Thierry. »Dann werden wir schon sehen.«

»Der Berg ist besetzt«, sagte er mit Nachdruck und sah zu den Bäumen hinüber. »Das haben sie mir schon in Ganthier gesagt.«

Ich lud mir den Rucksack auf und sah, wie er zu beten begann, mit gefalteten Händen und auf den Boden geheftetem Blick. Ich dachte, es handle sich um einen flüchtigen Schrecken, daß er, wenn er mit seinen Vaterunser fertig war, mit mir zu unserem Lagerplatz zurückkehren und ein ordentliches Feuer anzünden würde, daß wir wie in den letzten drei Nächten unsere Konservendosen aufwärmen und unter freiem Himmel zu Abend essen und dabei die Radionachrichten hören würden.

Ich beschloß, geduldig zu sein, ein Forscher sollte dieses Spiel beherrschen, das hatte ich vor vielen Jahren festgestellt, als ich die Fortpflanzungsgewohnheiten der *Pipa pipa* studierte. In Surinam hatte ich einen viel älteren Führer gehabt, einen melancholischen und unergründlichen Mann, der die Kröte um Verzeihung bat, bevor er sie fing. Er hielt bis zum Schluß mit mir durch, aber zweimal mußte ich ihn zu einem Sühneopfer für die Dämonen begleiten.

Thierry hob den Kopf, und ich sah, daß ihm das blanke Entsetzen ins Gesicht geschrieben stand.

»Wir müssen runtersteigen, solange wir noch können«, auf seiner Stirn bildeten sich Schweißperlen, »denn nachts werden wir es nicht mehr können.«

Ich schüttelte den Kopf und drehte Thierry den Rücken zu, ich wollte irgendeine Bemerkung machen, nur ein einziges Wort, das die Angst verscheuchen würde, aber er kam mir zuvor.

»Ich sage Ihnen das aus tiefstem Herzen, Monsieur. Dieser Berg wird für wer weiß was genutzt, niemand kann hier raufsteigen, auch nicht, um Frösche zu suchen. Sie wollen doch gesund nach Hause zurückkehren, wollen Ihre Kinder wiedersehen? Haben Sie Kinder?«

Ich dachte daran, daß wir unser Lager, auch wenn wir schnell marschierten, kaum in weniger als zwei Stunden erreichen könnten. Dann sah ich auf die Uhr, es war Viertel vor fünf, und schätzte, daß wir bei Einbruch der Nacht ankämen. Dort wäre es einfacher, ihn zu überzeugen.

»Ich ja, ich hatte welche«, erklärte Thierry, »aber sie sind alle gestorben. Das erste starb gleich nach der Geburt, die anderen starben, als sie schon größer waren.«

Ich erinnerte mich an den Vorabend meiner Abreise. Martha hatte noch einmal erwähnt, daß Haiti kein sicherer Ort sei. Wir saßen zu Hause beim Abendbrot, und ich vermied es, sie anzusehen: Ich begriff, daß es nicht meine Sicherheit war, um die sie sich sorgte, sie versuchte, auf eine für sie untypische Art, mich zu erschrecken, wenig wissenschaftlich, aber sehr wütend, getrieben von einem ziellosen Groll, der von einer Seite des Tisches zur anderen hin und her ging. Ich aß meine Suppe nicht auf, nahm einen Löffel voll, und statt ihn zum Mund zu führen, schüttete ich die Suppe über die Tischdecke neben ihrem Teller, dann warf ich das Besteck hin. Martha schloß die Augen und sagte kein Wort mehr, nicht einmal, um mir auf Wiedersehen zu sagen.

»Als ich mein erstes Kind verlor«, seufzte Thierry, »dachte ich viel an meinen Vater. Er hatte einen so schweren Beruf.«

Thierrys Vater war ein vorsichtiger Mann gewesen, der es vermieden hatte, die Namen seiner Kinder auszusprechen. Mein Vater und Martha hatten sich nie gut verstanden, es war gegenseitige Antipathie, praktisch aus dem Nichts entstanden, ein Krieg, der schon immer existiert hatte, ohne Anfang, ein elektrischer und heimlicher Haß. Man merkte es sogar ihrer Form der Begrüßung an, wenn jeder sich bemühte, sich bloß nicht auf den anderen beziehen zu müssen.

»Jetzt werde ich Ihnen erzählen, was ein *Pwazon rat* ist. Mein Vater war einer von ihnen.«

Wir gingen sehr schnell, und die Worte sprudelten Thierry unaufhaltsam aus dem Mund, viele verstand ich nicht, sie erloschen wie Sternschnuppen, kaum daß er sie ausgesprochen hatte. Manchmal machte er eine Pause, um Luft zu holen und sich Wasser in die Kehle zu gießen, dann schüttete er einen Schluck *Aguardiente* hinterher, von dem, den sie auf Haiti *Clairin* nennen. Gelegentlich hielt er inne, um mich anzusehen, erzählte eine schmutzige oder abstoßende Einzelheit und versuchte, in meinem Gesicht meine Reaktion zu lesen.

»Meinem Vater gefiel es, seine Haut zu riskieren. Ich wußte, daß sie ihn bei irgendeiner Gelegenheit töten könnten, so daß ich ihn oft begleitete und auf den letzten Jagdausflügen an seiner Seite blieb.«

Als er seine Geschichte beendet hatte, fragte Thierry, ob sich mein Vater auch der Suche nach Fröschen widmete. Ich antwortete ihm, daß mein Vater sein Leben lang Autos verkauft hatte, er war der Beste gewesen und hatte es geschafft, sein eigenes Geschäft aufzubauen.

Aber jetzt, da er alt und pensioniert war, hatte er eine merkwürdige, in gewisser Weise ebenfalls gefährliche Beschäftigung.

»Er züchtet Vögel«, fügte ich hinzu.

»Hühner?«

»Nein, Thierry, es sind Vögel, die du nicht kennst. Sie können einen Menschen mit einem Fußtritt töten.«

Die Geschichte interessierte ihn, aber in diesem Moment erblickten wir unser Lager, und er hob die Arme.

»Sie waren hier, ich kann sie riechen.«

Das Zelt war verschwunden, und von den Schlafsäcken waren nur noch ein paar Fetzen übrig, die wir unter einem Baum entdeckten. Einige kaputte Fläschchen lagen auf der Erde, und überall waren versengte Zeitschriften und Notizbücher, leere Dosen und zerwühlte Kleidungsstücke. Das letzte Exemplar des *Frolog*, ein monatlich erscheinendes Fachblatt mit Fakten über die Abnahme der Amphibien, sahen wir auf einem Stein, von einem Haufen Exkrementen bedeckt.

»Wir müssen hinunter«, wiederholte Thierry. »Auf diesem Berg stören wir.«

Ich fragte ihn, wen wir denn störten, aber er legte einen Finger auf die Lippen und befahl mir zu schweigen. Er zog einen Nylonbeutel aus seinem Rucksack und begann, die heil gebliebenen Fläschchen einzusammeln. Ich nahm einen Zweig und versuchte, einen Teil der Zeitschrift zu retten: In der Augustausgabe des *Frolog* war einer meiner Artikel mit einem Foto der *Rana pipiens* erschienen, verschwunden in Kanada. Weder das Foto noch mein Artikel waren noch zu erkennen, verschmiert unter dem Fleck, den die Haufen hinterlassen hatten. Ich gab es auf, noch irgend etwas retten zu wollen.

»Wenn wir jetzt losgehen«, beharrte Thierry, »werden sie uns nicht töten. Sie hätten es schon vor einer Weile tun können.«

Ich fühlte mich so betäubt, daß ich diese Worte positiv wertete. Angesichts jenes elementaren Lichts des Schreckens und des Überlebenswillens schien es mir bis zu einem gewissen Grad ganz natürlich, daß sie unseren Lagerplatz zerstört hatten, um uns einzuschüchtern und um uns zu bewegen, den Berg zu verlassen; natürlich, daß sie uns verschont hatten, uns einen Aufschub, eine letzte Gelegenheit, einen geringen Vorsprung gegeben hatten.

»Wir werden im Dunkeln hinabsteigen müssen«, fügte Thierry hinzu, »aber das macht nichts, ich hab das schon oft getan.«

Ich hatte keine Argumente mehr, nicht einmal mehr einen Unterschlupf, um mich zum Schreiben hinzusetzen. Ich machte die Lampe an und rieb mir das Gesicht mit Insektenschutzmittel ein, das ich auch Thierry anbot, aber er wollte es nicht auftragen: Die Viecher kannten ihn schon zur Genüge, vor vielen Jahren hatten sie ihn oft genug gepeinigt, aber jetzt ließen sie ihn in Ruhe. Er sagte das lachend, es war das erstemal seit geraumer Zeit, daß ich ihn lachen sah. Das flößte mir Vertrauen und genügend Mut ein, um ihn erneut zu fragen, wer uns verjagte, wen wir hier stören könnten.

»Die *Attachés* von Cito Francisque«, flüsterte er mir ins Ohr. »Sie bewahren auf diesem Berg ihre Vorräte auf, und hier lassen sie lästige Personen verschwinden. Sie wollen keinen Fremden in dieser Region, niemanden, der Frösche oder irgendein anderes Lebewesen sucht.«

Als wir uns an den Abstieg machten, war es schon dunkel. Thierry ging voraus, schob Äste beiseite und orientierte sich am Wuchs der Bäume, es war sehr wolkig, und wir konnten den Himmel nicht erkennen. Ohne daß ich den Mund aufgemacht hätte, drehte er sich ein- oder zweimal um und forderte mich zum Schweigen auf; später stolperte ich und fiel auf die Knie, ich fluchte, und er kam näher und schlug vor, wir sollten eine kleine Pause machen. An derselben Stelle tranken wir die letzten Schlucke aus den Feldflaschen, er nutzte die Gelegenheit, die Lampe auszuschalten, und sagte im Dunkeln zu mir: »Sie sind hinter uns.«

Es war sehr schwül, und ich machte in der Ferne den Gesang anderer Exemplare des *Bufo gurgulio* aus; es war die Paarungszeit, und die Männchen sehnten sich verzweifelt danach, die Vereinigung zu vollziehen, den sich unendlich hinziehenden, köstlichen *Amplexus*, nach dem sie wieder in die Stille zurückkehren würden. Offensichtlich fanden sie schon nicht mehr genug Weibchen. Das Aussterben mancher Art beginnt auf diese Weise: Zuerst verschwinden die weiblichen Tiere, lösen sich mit ihren vollen Bäuchen einfach auf. Wohin gehen sie, was fürchten sie, warum, zum Teufel, fliehen sie? Thierry schaltete die Lampe wieder ein, und ich sah das Entsetzen in seinen Gesichtszügen, eine zerstörte Maske, noch ein halbverwester Schädel, der sich kaum vom lebendigen Grabesdunkel der Nacht abhob.

»Wenn wir in Ganthier ankommen, sofern wir überhaupt ankommen, werden Sie mir von den Vögeln erzählen, die Ihr Vater züchtet.«

Ich spürte eine Welle des Zorns in mir aufsteigen, seine Haltung ärgerte mich, der väterliche Ton, mit dem er einfach das Thema wechselte, und ich beschloß, ihn zu entlassen, sobald wir an einen sicheren Ort gelangt wären. Ich streckte die Hand aus und packte ihn am Hemd.

»Was wollen die, wollen sie Geld?«

»Ihres nicht«, sagte Thierry. »Sie haben nicht genug.«

Er befreite sich mit einer brüsken Bewegung, und in dem Moment überwältigte mich das Entsetzen. Es hatte zu nieseln begonnen, und er verschwand im Gebüsch. Ich mußte an mich halten, um nicht zu schreien. Mit erhobener Lampe ging ich weiter. In diesem Augenblick hörte ich ein Flüstern, das verhaltene Geräusch von Stimmen, der Regen wurde dichter, und ich fand mich mit der Vorstellung vom Sterben ab. Einem feuchten Sterben auf einem entlegenen Berg der verschwundenen Kinder und menschenscheuen Frösche. Dem kläglichen Sterben desjenigen, der weder weiß, wer ihn verfolgt, noch warum man ihn angreift. Vielleicht war dies das einzige Feuer, das mich erwartete, das unsinnige Feuer, in dem der tibetische Astrologe mich hatte verbrennen sehen.

Ich hatte den Eindruck, daß ich wie betrunken weiterging und daß mein Ende nahe bevorstand. Wieder hörte ich das Flüstern, fest auftretende Schritte um mich herum, und spürte eine Hand auf meiner Schulter: Es war Thierry.

»Sie wollen ganz sicher sein, daß wir verschwinden«, sagte er.

Das Gehen strengte mich an, aber noch mehr strengte es mich an, zu denken, Fakten zusammenzufügen oder irgendeine Schlußfolgerung zu ziehen. Ich war der mit diesem steilen Bergrücken verschworenen Natur ausgeliefert, und ich war meinen Verfolgern ausgeliefert, zu denen auf irgendeine Weise selbst Thierry gehörte.

Eine Stunde später konnten wir endlich die Lichter von Ganthier ausmachen. Ich glaube, wir waren beide erleichtert; Thierry begann etwas zu flüstern, und zunächst dachte ich, es sei ein weiteres Gebet.

»Und Sie haben wirklich nichts gehört?« war das erste, was er mich fragte, als er die Litanei beendet hatte.

»Ich habe Stimmen gehört«, sagte ich. »Was sollte ich sonst noch gehört haben?«

In Ganthier suchten wir Zuflucht im Haus des Mannes, dem wir das Auto anvertraut hatten, unseren tomatenroten, in Port-au-Prince gemieteten Renault. Dort bot man uns Maismehlsuppe an, und Thierry zahlte für zwei Flaschen *Aguardiente*. Um Mitternacht machten wir es uns auf dem Boden aus gestampfter Erde bequem, schliefen zwei oder drei Stunden ohne Unterbrechung, aber bereits im Morgengrauen weckte uns der Hausherr: Es sei besser, wenn wir noch vor Tagesanbruch das Dorf verließen.

Wir fuhren schweigend nach Port-au-Prince zurück, und kurz bevor wir in der Stadt eintrafen, gebot mir Thierry mit einem Zeichen, gegenüber von einem riesigen Müllabladeplatz anzuhalten, hinter dem, wie er mir sagte, das Viertel liege, in dem er mit seinem Bruder Jean-Pierre wohne. Ich sollte ihn begleiten, aber ich lehnte ab, und er stieg vorsichtig aus und beugte sich dann zum Fenster herein.

»Um welche Zeit wollen Sie mich morgen treffen?«

Ich wollte ihm sagen, daß ich ihn nicht mehr brauchte, und er sah es wohl meinem Gesicht an, denn er zog den Kopf zurück und stieg wieder ins Auto, blickte nach vorn auf den Platz, wo einige Kinder mit einem halbtoten Tier spielten, einem Eichhörnchen.

»Heute nacht habe ich den Blutfrosch gehört.«

Ich konnte nur glauben, daß er log, ich versuchte ihm zu zeigen, daß ich seine Lüge durchschaute. Deshalb sah ich ihn lächelnd an und fragte, wann er ihn denn gehört habe.

»Als ich im Gebüsch war, erinnern Sie sich? Ich habe den Gesang zweimal gehört, ich dachte, Sie hätten ihn auch erkannt.«

»Das hättest du gleich sagen sollen«, bemerkte ich in distanziertem Ton, als würde mich das nicht wirklich interessieren. »Wir reden später weiter...«

»Ich schwöre beim Andenken meiner Kinder, daß ich ihn gehört habe.«

Ich schlug aufs Lenkrad, und er begriff, daß das der Befehl war, sich zurückzuziehen. Er stieg schnell aus und murmelte eine Art Entschuldigung – oder zumindest glaubte ich das. Eines der Kinder warf das Eichhörnchen in die Luft, ich sah es wenige Meter vor dem Auto herunterfallen und beschloß, seinem Todeskampf ein Ende zu machen. Ich beschleunigte und spürte nur einen

leichten Schlag gegen das Rad, als ich den Körper über-
fuhr.

Ich sah nicht mehr zurück, aber ich hörte die Schreie.
Die Kinder schrien mir Drohungen hinterher.

★

Im Winter 1990 ereignete sich in verschiedenen Seen im
Norden der Schweiz ein unerklärliches Massensterben
von Millionen von Fröschen.

Laut den von der KARCH (Koordinationsstelle für
Amphibien- und Reptilienschutz der Schweiz) gelieferten Informationen war die Spezies *Rana temporaria* am
meisten betroffen.

Da es zuvor nie etwas Vergleichbares gegeben hatte,
zumindest nicht in jener Region und nicht im Winter,
ordneten die Schweizer Behörden eine Untersuchung an.
In den Berichten wurden sowohl die geringe Sättigung
des Wassers mit Sauerstoff als auch andere Schäden aufgeführt. Es wurde jedoch darauf hingewiesen, daß diese
Faktoren für sich allein die hohe Zahl der verendeten
Frösche nicht erklären könnten.

Für viele Biologen bleibt das plötzliche Aussterben der
Rana temporaria weiterhin ein Rätsel.

Die Jagd

WENN SIE NICHT darauf verfiel, sich zur großen Freude
der Haie und aasfressenden Fische ins Meer zu stürzen,
pflegte die umherirrende Meute der Untoten in den Ab-
hängen des Chilotte Zuflucht zu suchen. Das war damals, als die Besitzer der Viehherden ihre Rache fürchte-
ten und die *Pwazons rats* in ihre Dienste nahmen, und
damals organisierten sich auch die *Pwazons rats* in Trupps
und zogen aus, um sie zu jagen.

Niemand hat je verstanden, wie sie sich orientierten,
aber früher oder später kamen sie alle zum Chilotte; die
aus Sabana Zombi flohen genauso wie die, die aus Piton
Mango entwischten. Und sogar die, denen es gelungen
war, den schlafenden Herden der Grande Colline auf die
andere Seite des Golfes zu entfliehen, kamen auf diesen
Berg.

Bombardopolis lag fast am Fuße des Chilotte – genaugenommen liegt es noch immer dort –, und damals
kam es nicht selten vor, daß man die lebenden Toten zu
jedweder Zeit durch das Dorf gehen sah, so gepeinigt
von der Sonne und so gequält von den Insekten, daß sie
kaum die Steinwürfe bemerkten, mit denen die Kinder
sie drangsalierten, und sie wußten nicht, wie sie dem
Schlag ausweichen sollten, sie stolperten und fielen hin,
erhoben sich wieder, und nach einer Weile fielen sie wie-

der hin, den Blick fest auf den kahlen Bergrücken gerichtet.

Die *Pwazons rats* standen in den Türen des Petit Paradis, so hieß das Gasthaus von Yoyotte Placide, und sahen sie vorüberziehen, versuchten aber niemals, sie aufzuhalten. Dafür war der Berg da, und genau dort trieben die Jäger sie nachts ohne Zeugen zusammen, banden sie aneinander und fesselten sie in Gruppen wie eßbare Leguane.

Danach suchten sie überall, ob sie zufällig einen übersehen hätten, den sie zu seiner Herde zurückbringen könnten, aber fast nie kam es dazu, denn wenn sie den Chilotte erreichten, hatte die Mehrzahl schon tage- und nächtelang die Küste umrundet, sich in den giftigen Schatten der schwarzen Mangrovensümpfe gewälzt und das Salz abgeleckt, das auf dem Laub verkrustete. Es war das Salz, das sie weckte, und beim Aufwachen erkannten sie, was sie jetzt waren, sie erinnerten sich, wie sie früher gewesen waren, und verzweifelten daran, daß es kein Zurück gab. Dann gerieten sie außer sich: Sie neigten dazu, mit den Füßen zu treten, sie neigten dazu, zu beißen, sie neigten dazu, alles in Stücke zu reißen, und da man sie auch nicht mehr zurück ins Dorf schleppen konnte, einigten sich die Jäger darauf, ihnen jenes Stückchen Hinterkopf abzureißen, an dem sie die Markierung ihres Rudels trugen. Im Austausch dafür wurden sie von dem Besitzer der Viehherden bezahlt.

Schließlich trieben sie alle in derselben Höhle zusammen und ließen einen *Pwazon rat* namens Gregoire Oreste allein bei ihnen zurück. Im Trupp hatte jeder seine

Aufgabe, und die von Gregoire Oreste war es, die Jagd zu vollenden.

Die anderen Männer, die meinen Vater begleiteten, hießen Moses Dumbo, Divoine Joseph, Achille Fritz und Tiburón Jérémie. Moses Dumbo, mit seinen zweiundachtzig Jahren der älteste *Pwazon rat* Haitis, schwor, daß einige Zombies aus Sabana die Fähigkeit besäßen, sich im letzten Moment in Tiere zu verwandeln: in ziellos umherirrende Schweine, in betrunkene Mangusten oder in Hühner mit bunten Kämmen, die unversehens flatternd mitten im Weg auftauchten, und selbst in dieser Gestalt wurden sie gepackt und in die Rucksäcke gesteckt.

Wenn sie nachts zusammen am Feuer saßen, bewachte der alte Dumbo die Bouillon und wartete, bis sie aufkochte: Fleisch, das viel Schaum entwickelte, war kein richtiges Fleisch, ebensowenig wie Fleisch, das zuerst weiß wurde. »Lebendes Aas!« schrie er dann und hörte nicht auf, bis er alle davon überzeugt hatte, daß man es wegwerfen mußte.

Bei Vollmond ging man nicht auf die Jagd. Auch nicht am Montag, denn das sind die Tage des Barón-la-Croix. Auch war es nicht gut, die Tiere in der Karwoche oder am Vorabend von Allerseelen aneinanderzubinden. Aber am gefährlichsten, noch gefährlicher, als das Wild zu erwischen und nicht zu wissen, wie es zuzudecken war – man mußte ihm nämlich den Kopf bedecken –, war es, mit einer offenen Wunde oder einer Krankheit, die man sich aus dem Bauch einer Frau geholt hatte, auf die Jagd zu gehen.

Deshalb zwang Divoine Joseph, der zweite in der Rangordnung, alle, kurz bevor sie in den Kampf gingen, sich auszuziehen, und dann untersuchte er einen nach dem anderen: Er sah ihnen in den Mund, pochte an ihre Ohren, zog ihnen die Vorhaut zurück und die Hinterbacken auseinander und befühlte von unten ihre Eier. Manchmal sprach cr leise mit einem Mann und nahm ihn beiseite, dann war klar, daß er einen Wulst ertastet hatte. Wenn er jedoch eine Grimasse schnitt und zur Tür zeigte, wollte er damit sagen, daß alle gesund waren und sich nun in Marsch setzen konnten.

Sobald sie mit dem Aufstieg begannen, vermieden es die *Pwazons rats,* sich mit ihrem Namen anzureden, und sprachen kaum noch miteinander, statt dessen begannen sie zu pfeifen. Das Pfeifen machte die Meute verrückt, mein Vater sagte immer, daß es sie in die Irre führte, er und Divoine Joseph entlockten ihren Lungen ein paar Wahnsinnspfiffe, die nicht einmal die Männer des eigenen Trupps ertragen konnten. Divoine machte ihnen vorher Zeichen, damit sie sich die Ohren zuhalten konnten, und auch er hielt sie sich zu, nicht aber mein Vater. Mein Vater ertrug die Pfiffe stoisch, mit geschlossenen Augen und steifen Ohren.

Manchmal wurden sie von einem der schlaueren Tiere verfolgt, es blieb ihnen immer auf den Fersen, während der Trupp übers Land streifte, oder es versteckte sich hinter einem Baum, wenn die Männer anhielten und sich zum Essen hinsetzten, und wenn es keinen Baum fand – und zu jener Zeit wurden es schon weniger –, zog es sich wie eine Kröte zusammen und verbarg sich im Gebüsch.

Ohne besonders auf das Tier zu achten, beendeten die Männer ihre Mahlzeit in aller Ruhe und versammelten sich dann um meinen Vater, der die Bergpfade in die Asche zeichnete und jedem einzelnen seinen Weg nannte. Er wies ihnen auch ein Stück Wild zu, oder zwei oder drei oder vier, das hing von der Zahl der Tiere in der Meute ab.

Wenn man da oben war, durfte man kein Auge zumachen. Bei Einbruch der Dunkelheit ordnete mein Vater eine kurze Ruhepause in den Hängematten an. Dort konnte man sich unterhalten, aber nur im Flüsterton, gewöhnlich rauchten die Männer, tranken ein paar Schlucke *Clairin* und machten Pläne, was sie mit dem Geld tun wollten, das sie für die Jagd ausgezahlt bekämen. Wenn sie sich dann an den Abstieg machten, waren die Pläne vergessen, denn sie fühlten sich erbärmlich, das letzte Heulen hallte noch in ihren Schädeln wider. So liefen sie wie besessen nach Mole Saint-Nicolas, das war das Dorf von Divoine Joseph, gingen ins Lokal des einarmigen Tancrède und ließen sich dort von den Dominikanerinnen baden – es gab Dominikanerinnen aus Santo Domingo und Dominikanerinnen aus Haiti, auch »einheimische Dominikanerinnen« genannt –, während sie ganze Flaschen von diesem roten Zeug, dem Cayemite-Likör, in sich hineinschütteten. Nur so konnten sie den Todesgeschmack aus ihren Seelen vertreiben. In einer einzigen Nacht verschleuderten sie die Hälfte ihres Lohns; der einarmige Tancrède war sehr geschäftstüchtig.

Wenn es anfing zu donnern, war das etwas anderes,

dann drehte die Meute durch, und die Tiere kämpften miteinander, oder sie verharrten wie angewurzelt dort, wo der Knall sie überrascht hatte. Die *Pwazons rats* bevorzugten Gewitternächte zur Arbeit, nicht weil sie schlimmere Teufel waren als die Teufel, die sie jagen wollten – das behaupteten nämlich die bösen Zungen aus Bombardopolis –, sondern weil sie dann ruhiger und gefahrloser vorankamen.

Schade, daß es an dem Tag, als mein Vater starb, kein Gewitter gab, weder Donner noch irgendeine Barmherzigkeit. Heute denke ich, daß er schon zu alt war für diesen Beruf; zu alt für die Jagd zu sein bedeutet, zu leichtgläubig zu sein.

Mein Vater wurde von einer alten Teufelin getötet, Romaine La Prophetesse genannt, schon zu Lebzeiten eine böse Frau; stellen Sie sich vor, wie böse sie erst nach ihrem Tod war. Zu ihrer Zeit war sie eine *Mambo* gewesen, eine Priesterin, eine hartherzige und seelenlose Puffmutter, deren einzige Schwäche immer ihr Sohn gewesen war, ein Knirps von einem Mann, der Sonsón hieß. Aus Rache und um sie zu erzürnen, um den geringen Eifer, der ihr noch verblieben war, zu dämpfen, brachte jemand Sonsón um, und ihr blieb nichts anderes übrig, als ihn zu beerdigen. Aber später fand sie heraus, daß man ihren Jungen wie einen Bettler im Massacre gesehen hatte, jenem Fluß, der bei Unglück anschwillt; dort brachte er kleine Boote von einer Seite zur anderen, schleppte Kohlensäcke und hörte nicht einmal nachts damit auf.

Jede Mutter läßt ihr Leben für ihr Kind, aber Romaine La Prophetesse tat noch mehr: Sie gab ihren Tod für ihn.

Sie befahl ihren Helfern, sie zu den Toten hinunterzulassen: Sie wollte das erleiden, was Sonsón erlitten hatte. Ihr Begräbnis war eine große Angelegenheit, denn auf Haiti hatte man dergleichen noch nicht gesehen: einen Menschen, der freiwillig hinabstieg. Danach weckte man sie, gab ihr die Paste des *Cocombre zombi* zu essen, woraufhin sie außer sich geriet und in Richtung Massacre verschwand. Aber ihr Söhnchen war nicht mehr da, sie suchte beide Ufer ab, konnte ihn aber nicht finden. Jemand redete ihr ein, daß er verbrannt worden war, deshalb wurde sie so rasend.

An dem Tag, als sie meinen Vater in einen Hinterhalt lockte, zog Romaine La Prophetesse mit ihrer Truppe die Pfade des Chilotte entlang, einer Truppe von Zombies aus Sabana, so hungrig und mordlustig wie sie selbst. Sie überraschten ihn weit weg von der Lagerstelle, als er im Gestrüpp seine Notdurft verrichtete. Es gehörte zu den unumstößlichen Angewohnheiten meines Vaters, niemals zuzulassen, daß ihn irgend jemand dabei sah. Seiner Meinung nach war es der Moment der größten Schwäche eines Mannes, und deshalb entfernte er sich immer von seinen Männern, wenn es sein mußte.

Die aus dem Trupp ahnten nichts, sie hörten nicht einmal Schreie. Ein *Pwazon rat* weiß sich zu wehren, er hat die Pflicht, sich mit Zähnen und Klauen zu verteidigen, mit der Machete oder womit auch immer, aber er schreit niemals. Ein Mann verabschiedet sich lautlos, sagte mein Vater, er verabschiedet sich, indem er an seine Zukunft denkt.

Divoine Joseph und Moses Dumbo fanden später seine Leiche. Sie fanden sie ohne Haut, diese Tiere hatten ihn gehäutet und ihn auf seinen Exkrementen liegen gelassen. Frou-Frou wusch ihn trotz alledem, aber später klagte sie, daß ihre Hände am rohen Fleisch festgeklebt wären und daß sich die Adern meines Vaters wie Würmer um ihre Finger gewickelt hätten. Ein Körper ohne Haut ist abstoßend, aber Frou-Frou schaffte es, ihm das Totenhemd anzulegen.

Zum Begräbnis versammelte sich die ganze Familie. Mein Bruder Jean-Pierre weinte am meisten, und mein Bruder Etienne mußte sich Mut antrinken, drei Flaschen *Aguardiente* waren nicht genug. Meine Schwester Yoyotte und ihre Patin kamen aus Bombardopolis, um den Verstorbenen auf seinem letzten Weg zu begleiten. Die alte Yoyotte Placide wurde in den Armen Frou-Frous ohnmächtig: Nichts ist so geeignet wie großer Kummer, um den Haß zwischen zwei Frauen zu besänftigen, es tat gut, die beiden so traurig zu sehen, wie sie mit aneinandergelegten Köpfen unaufhaltsam weinten.

Wenige Monate später trennten sich unsere Wege, und so hatte es ein Ende mit meinem Elternhaus. Wenn es ein Ende hat mit dem Haus eines Menschen, dann stirbt auch der Mensch.

Menschen ohne Gesicht

Ich bemühte mich, einen herzlichen Tonfall beizube-
halten. Nach all dem, was zwischen uns vorgefallen war,
schien es mir doppelt heikel, einen ersten Brief an Martha zu schreiben, eine Übung der Vorsicht einerseits und
eine der Verwegenheit andererseits. Ich berichtete ihr
vom plötzlichen Ende unserer Expedition auf dem Berg
der verschwundenen Kinder sowie vom Diebstahl meines Zeltes. Es wurde bis zu einem gewissen Grad ein kal-
ter Bericht, als wäre das alles einem anderen passiert. Ich
erzählte ihr auch von Thierry und von der Geschichte
seines Vaters, der Jäger gewesen war. Den Gegenstand
seiner Jagd erwähnte ich jedoch nicht.

Obwohl ich noch nicht einmal eine Spur des *Eleutherodactylus sanguineus* gefunden hatte, versicherte ich ihr,
daß ich es in ein paar Wochen erneut auf diesem Berg
versuchen wollte und daß ich bis dahin in Port-au-Prince
bleiben und die Zeit nutzen würde, um den einzigen
Haitianer ausfindig zu machen, der sich ernsthaft für das
Aussterben interessierte, einen Mann, der nicht einmal
Herpetologe war, sondern Mediziner, ein Chirurg namens Emile Boukaka.

Von der Stadt berichtete ich ihr nichts. Ich erzählte ihr,
daß der Swimmingpool des Hotel Oloffson leer war und
daß ab und zu jemand hineinstieg, um ihn zu reinigen.

Man hatte zwei Männer in kurzen Hosen damit beauftragt, sie sprangen hinein und fegten Laub, Palmwedel, halbverfaulte Früchte und vielleicht auch Papierschnipsel zusammen, packten alles in Plastiktüten und stiegen schwitzend über die Leiter heraus; der Schweiß floß ihnen in Strömen den Rücken hinunter, als würden sie tatsächlich aus dem Wasser steigen. Später ließ sich eine Handvoll Gäste auf den Liegestühlen nieder und las französische Zeitungen, die mit drei- oder viertägiger Verspätung eintrafen.

Ich erwähnte auch die Toten nicht, ich nahm an, Martha sei aus der Presse informiert. Auf den Straßen von Port-au-Prince war immer ein kleiner Schwarm von Fotografen unterwegs, und jeden Morgen sah ich, wie sie sich um die Leichen drängten. Die Leichen, meistens die von jungen Männern, tauchten an den unterschiedlichsten Orten auf, aber eines Tages war die einer Frau darunter, fast vor der Tür meines Hotels. Zusammen mit den anderen Schaulustigen trat ich näher, konnte aber ihr Gesicht nicht erkennen, sie lag auf dem Bauch, und ich stellte fest, daß ihr die Hände fehlten. Ich hätte nie gedacht, daß mich die Leiche einer Frau ohne Hände so stark beeindrucken würde; mir wurde übel, und ich schloß die Augen.

Der Brief an Martha endete mit verschiedenen Bitten. Ich legte noch einige Unterlagen und Memoranden dazu, die sie meinen Kollegen zukommen lassen sollte, außerdem einen an Vaughan Patterson adressierten Bericht: Er war mit der Hand geschrieben, und ich bat sie, sollte sie Zeit haben, ihn ins reine zu tippen.

Als nächstes wollte ich das Konsulat über meinen un-
begrenzten Aufenthalt im Lande informieren, und bei
der Gelegenheit konnte ich die Leute darum bitten, meine Korrespondenz mit der offiziellen Diplomatenpost zu
versenden. Es handelte sich schließlich nicht um irgendeine Korrespondenz, sondern um Dokumente, Notizen
und Fotografien, alle an Laboratorien und Universitäten
adressiert.

Als ich mich an diesem Nachmittag auf den Weg
machen wollte, hielt mich in der Vorhalle ein Hotelange-
stellter auf: Dahinten würde ich erwartet, sagte er und
zeigte auf zwei uniformierte Männer; sie waren an zwei
unterschiedlichen Stellen postiert, und als sie mich erblickten, kamen sie näher. Sie wiesen sich als Polizisten
aus und wollten meinen Paß sehen. Sie rochen ganz
offensichtlich nach Schweiß, und einer von ihnen hatte
eine kaputte Nase, der Schnitt verlief bis zur Oberlippe,
und die Schwellung reichte bis zum rechten Backenkno-
chen, auch das rechte Auge war geschwollen, es war der
mit der singenden Stimme. Er wollte wissen, wie lange
ich in Port-au-Prince zu bleiben gedachte.

Ich bemühte mich, freundlich zu bleiben, forderte sie
auf, sich zu setzen, aber sie schüttelten den Kopf und
warteten.

»Ich bin Biologe«, sagte ich schließlich, »und ich suche
einen Frosch, nicht hier, sondern auf dem Berg der verschwundenen Kinder.«

Ich zog ein kleines Bild aus der Tasche: Es war das
Fröschlein, das ich bei unserem ersten Treffen für Thierry
gezeichnet hatte. Ich erwähnte aber nicht einmal den

wissenschaftlichen Namen, ich bezog mich auf die *Grenouille du sang*, da hätten sie ihn, das sei alles, was mich interessiere.

»Ich habe die Erlaubnis des Außenministeriums«, fügte ich hinzu.

Der eine reichte das Bild dem anderen weiter, und ich bemerkte, daß sie ihm kaum Aufmerksamkeit schenkten. Trotzdem verschmutzten sie die Ränder, ich sah die schwärzlichen Fingerabdrücke auf dem faserigen Papier, schwarze, ganz deutliche Spuren.

»Diese Genehmigungen sind nichts mehr wert«, sagte plötzlich der mit der kaputten Nase. »Seit September gelten keine Genehmigungen mehr.«

Der andere gab mir das Bild zurück.

»Sie können nicht länger als einen Monat bleiben.«

Sie verschluckten die Wörter beim Reden, und ich kam auf die Idee, daß es Betrüger sein könnten. Fast war ich versucht, erneut um ihre Ausweise zu bitten, zuvor hatte ich nur zwei verknitterte, feucht wirkende Kärtchen gesehen und nicht einmal auf die Fotos geachtet. Ich hielt mich rechtzeitig zurück, aber ich vermute, daß mein Auftreten sich verändert hatte.

»Ich beabsichtige, etwa drei Monate hierzubleiben«, sagte ich.

»Nicht länger als einen Monat«, wiederholte der Mann, und er übergab mir ein Papier, das so schmutzig war wie die Ränder meines Bildes: eine Vorladung.

»Sie müssen Ihren Paß mitbringen«, fügte er hinzu, »und diese Erlaubnis des Außenministeriums.«

Ich las das Papier und faltete es mit dem Bild zusammen, drehte mich um und schlenderte zur Hoteltür. Die beiden Männer blieben zurück, sahen mir nach, während ich mich entfernte, meinen Schritt beschleunigte und in den rauchigen Straßen verschwand. Aus irgendeinem Grund gab es in den Straßen von Port-au-Prince immer Rauchschwaden: Wurden keine Müllhaufen abgebrannt, so vernichteten sie alte Möbel oder Autoreifen, manchmal Tierkadaver. An jenem Nachmittag brannte der eines Esels, und ich hatte den merkwürdigen Eindruck, das Tier zappele noch mit den Beinen, während es verschmorte. Ich blieb stehen, um zuzusehen, ein Junge neben mir lachte, eine Frau kam vorbei und schrie ihm etwas zu, was ich nicht verstehen konnte, es waren heftige Worte; dann bewegten sich die Beine nicht mehr, und ich ging meines Weges.

Im Konsulat ließen sie mich ein Formular ausfüllen, auf dem ich meine Personalien und den Grund meines Aufenthaltes auf Haiti angeben mußte; auch fragten sie mich, wer im Krankheits- oder Todesfall zu benachrichtigen sei. Ich zögerte, als ich Marthas Namen aufschrieb, und fügte den meines Vaters hinzu. Der zuständige Beamte fragte, ob ich eine feste Reiseroute hätte, ich antwortete, nein, meine Arbeit sei gebunden an eine Reihe von Expeditionen, die wiederum von anderen Faktoren wie Regen, Bewölkung und Nebel sowie den Mondzyklen abhingen. Bei Vollmond war eine geringe Aktivität der Froschlurche festgestellt worden, möglicherweise versteckten sie sich, weshalb viele Expeditionen ergebnislos verliefen.

Der Mann hörte mir aufmerksam zu, aber er weigerte

sich, meine Korrespondenz anzunehmen, er müsse sich erst erkundigen, ob er sie mit der Diplomatenpost verschicken dürfe. Auf jeden Fall müßte ich etliche Papiere ausfüllen, und er schlug mir vor, ihn am nächsten Tag anzurufen, um eine Antwort zu erhalten. Ich ging auf die Straße hinaus und suchte in meiner Brieftasche die Adresse des haitianischen Professors, der mir Thierry empfohlen hatte; ich wollte ihn bitten, mir einen anderen Führer zu nennen. Ich hatte vor, ihm zu erzählen, was geschehen war; es gibt Menschen, deren Chemie einfach nicht stimmt, und Thierry und ich harmonierten nun einmal nicht miteinander. Es würde mir schwerfallen, nach dem Ereignis bei der ersten Expedition wieder mit ihm zusammenzuarbeiten.

Ich fragte einen Passanten nach der Adresse auf der Visitenkarte. Er erklärte mir, daß sie sich in einem ziemlich entlegenen Stadtteil befinde, und ich dachte, es sei besser, ins Hotel zurückzukehren und das Auto zu holen, wieder den Renault, mit dem ich zum Berg der verschwundenen Kinder gefahren war. Ein Angestellter hatte ihn waschen wollen und mir ganz nebenbei zum Volltanken geraten, da man nie wisse, wann das Benzin ausgehen werde.

Ich ging ein paar Straßenzüge weiter und befand mich wieder in einer Rauchwolke, diesmal konnte ich nicht erkennen, woher der Rauch kam, sicher wieder von einer Tierverbrennung. Ich beschloß auszuweichen, und als ich um eine Ecke gebogen war, spürte ich, wie ich am Arm gezogen wurde. Ich nahm an, es handle sich um einen Straßenverkäufer, wollte mich losreißen und erhielt den ersten Faustschlag: nahe am Auge, fast an der Schläfe. Der zweite traf mich voll in den Magen, ich stürzte zu Boden und versuchte, mich wieder aufzurichten, aber da bekam ich einen Hieb in die Seite, so heftig, daß ich fürchtete, es könnte ein Messerstich gewesen sein.

Sie hielten mich zu zweit fest, einer stellte seinen Stiefel auf meine Schulter, einen schwarzen, glanzlosen Stiefel. Einen Moment lang sah ich einen anderen Stiefel und noch zwei weitere; ich dachte, sie würden mich wieder treten, da nahm ich das Zerren wahr, meine Hand umklammerte immer noch den Umschlag mit der Korrespondenz, einen großen gefütterten Umschlag für Martha. Ich wollte ihn festhalten und stellte fest, daß meine Finger mir noch gehorchten, ich versuchte um Hilfe zu rufen, sie schlugen mich noch heftiger, ein weiterer Fußtritt, und ich wurde ohnmächtig.

Ich glaube, ich bin fast sofort wieder aufgewacht, denn ich lag noch immer mitten auf dem Bürgersteig, und um mich herum bildete sich eine Menschentraube. Da erinnerte ich mich an die Leichen im Morgengrauen. Jemand half mir beim Aufstehen, aber alle hüteten sich davor, mich zu fragen, ob ich mich gut oder schlecht fühlte oder Begleitung brauchte. Mein linkes Auge schmerzte, und ich konnte es kaum öffnen, mein Gesicht brannte, und das Atmen fiel mir schwer. Ich ging weiter bis zum Hotel, indem ich mich an den Häusermauern abstützte, aber in der Vorhalle fiel ich hin, und zwei Angestellte kamen mir zu Hilfe. Ich bat sie, mich in mein Zimmer zu bringen und den Arzt zu rufen. Eine dritte Person näherte sich von hinten und versuchte, meinen Kopf zu stützen: Es war Thierry.

Die Nacht verbrachte er an meinem Bett. Er mußte ständig die kalten Umschläge wechseln, die mir der Arzt gegen die Schwellung am Auge verordnet hatte; es bestand die Gefahr, daß eine meiner Rippen gebrochen war, und die geringste Bewegung verursachte mir Schmerzen, aber auch in diesem Zustand wollte ich auf keinen Fall ins Krankenhaus gebracht werden. Alle vier Stunden mußte ich zwei Pillen nehmen, die Thierry mir in die Handfläche legte und die ich nur mühsam schlucken konnte, zusammen mit einer Art heißem Tee, den er selbst zubereitet und in einer Thermoskanne mitgebracht hatte.

Am frühen Morgen wurden die Schmerzen stärker, ich jammerte laut, und Thierry versuchte, mich zu trösten: »Warten Sie, bis es hell wird. Bei Tagesanbruch wird es leichter.«

Keiner von uns beiden hatte in der Nacht geschlafen. Ich warf den Kopf hin und her, bisweilen hatte ich Fieberphantasien, aber die Beruhigungstabletten vermittelten mir den Eindruck von Unwirklichkeit, mir schien, als würden andere Menschen den Raum betreten und verlassen. Es waren Menschen ohne Gesicht, die aus dem Nichts kamen und sich im Nichts auflösten.

Thierry hatte recht: Beim ersten Tageslicht ließ die Schwellung an meinem Auge nach, der Schmerz in der Seite war nicht mehr so stark, und ich fiel in einen leichten Schlaf. Ich träumte, daß meine Mutter versuchte, die *Grenouille du sang* zu zeichnen; ich stand neben ihr, um ihr genau die Farbe zu erklären, die sie nehmen mußte.

Ich wurde von Stimmen geweckt, und mit dem gesunden Auge sah ich, wie ein Kellner mit dem Frühstückstablett eintrat. Der Arzt, der mich am Vorabend versorgt hatte, war auch da und mit meinem linken Arm beschäftigt; er wünschte mir einen guten Morgen und fragte mich, ob es mir bessergehe. Ich brauchte einen Moment, um zu antworten, und er fügte hinzu, daß ich noch immer einen sehr hohen Blutdruck hätte.

»Das kommt vielleicht vom Schock«, sagte er. »Wollen Sie, daß wir jemand benachrichtigen?«

Ich erinnerte mich an das Papier, das ich im Konsulat ausgefüllt hatte, und verspürte eine Art Beklemmung. Ich richtete mich im Bett auf und stellte fest, daß ich schwer atmete.

»Es ist nicht so schlimm«, er legte mir eine Hand auf die Schulter. »Aber vielleicht möchten Sie, daß wir jemand benachrichtigen?«

Ich schüttelte den Kopf, schloß das noch brauchbare Auge – das andere war inzwischen verbunden – und versuchte, mich an den Traum von meiner Mutter zu erinnern. Ich hatte plötzlich die Vision, daß sie vielleicht genau in diesem Moment, viele tausend Kilometer entfernt, an dem einzigen passablen Ölbild ihres Lebens arbeitete: an der Darstellung eines Froschs, der von seinem Lilienbett aus die Welt betrachtete. Braune Lilien, braun mußten sie sein.

Nach dem Frühstück fühlte ich mich besser, sprach davon, mich zu duschen, aber der Arzt riet mir, damit noch zu warten, und verschrieb weitere Tabletten. Dann begleitete Thierry ihn zur Tür, und als er zurückkam, blieb er am Fenster stehen und sah hinaus.

»Sie sind immer noch da«, sagte er.

Mir wurde bewußt, daß ich den Brief an Martha verloren hatte, die Notizen für meine Kollegen und den Bericht an Vaughan Patterson. Ein handgeschriebener Bericht, dokumentiert mit Zeichnungen und Tonbandaufnahmen.

Thierry zog die Gardinen zu, und das Zimmer versank in Halbdunkel.

»Sie wollen sichergehen, daß Sie die Botschaft verstanden haben«, fügte er hinzu. »Und erzählen Sie mir nicht, daß Sie nicht wüßten, welches die Botschaft ist, denn ich sage es Ihnen: Der Berg der verschwundenen Kinder hat schon einen Besitzer, und dieser Besitzer will nicht, daß Sie erneut hinaufsteigen.«

»Ich brauche diesen Frosch«, meine Stimme klang fremd. »Sag ihnen, daß ich verschwinde, wenn ich ihn habe.«

Er setzte sich ans Fußende des Bettes.

»Jeden Tag ähneln Sie mehr Papa Crapaud. Auch er war versessen auf seine Viecher, er suchte Kröten, die niemals existiert haben, die niemand kannte, weder mein Vater noch die ganz Alten. So war der Mann. Ich erklärte ihm das Gesetz des Wassers.«

Ich blickte zur Decke und schlitterte unmerklich in die Falle: Ich suchte keinen eingebildeten Frosch, ich suchte die *Grenouille du sang*, diesen roten Frosch, den er selbst so viele Male hatte singen hören.

»Es ist ein schlechter Zeitpunkt«, seufzte Thierry. »Besser, Sie hören ihn nie.«

»Lassen wir das mal beiseite«, sagte ich. »Woran starb Papa Crapaud?«

Er bewegte den Kopf und ging wieder zum Fenster, hob einen Zipfel der Gardine und verharrte so eine ganze Weile.

»Eine Frau hat ihn getötet«, sagte er, ohne mich anzublicken, gebannt von dem Treiben auf der Straße. »Ich kann Ihnen das Gesetz des Wassers erklären, und dafür erzählen Sie mir von den Vögeln, die Ihr Vater züchtet.«

Ich bat ihn, mir Bleistift und Papier zu reichen. Als ich zu zeichnen begann, merkte ich erst, wie außerordentlich schwach meine Muskeln waren, deshalb gelang mir der Strauß nur schemenhaft, als betrachte man ihn durch einen Regenvorhang.

»Das ist der Vogel.«

Daneben zeichnete ich im entsprechenden Verhältnis einen Mann, damit Thierry sich die Ausmaße des Tieres vorstellen konnte. Er schnappte sich das Papier und betrachtete es schweigend.

»Wieviel Fleisch gibt das Tier her?«

»Genug für hundert Menschen«, antwortete ich.

»Wie viele Eier legt es?«

»Das kommt darauf an. Auf der Farm meines Vaters gab es ein Weibchen, das in nur einem Jahr fünfundneunzig Eier gelegt hat. Aber wenn es vierzig oder fünfzig sind, ist das auch genug.«

»Genug wofür?«

»Genug, damit etwa die Hälfte der Küken schlüpfen kann«, sagte ich. »Dann, nach einem Jahr, kann man zwanzig oder fünfundzwanzig Vögel auf den Markt bringen. Das reicht. Das Fleisch wird verkauft, und Haut und Federn verkaufen sich auch gut.«

Er faltete das Papier zusammen, offenbar in der Absicht, es aufzuheben, und ich versprach, ihm später eine bessere Zeichnung anzufertigen.

»Wie viele hat Ihr Vater davon?«

Ich gestand, daß ich es nicht genau wußte. Die Zahl variierte täglich, je nachdem, wie viele Vögel er verkaufte oder schlachtete. Ich überschlug, daß er etwa sechzig oder siebzig Strauße haben dürfte, die Küken nicht mitgezählt, die gesondert gehalten wurden.

»Worin liegt die Gefahr?«

Er stellte seine Fragen und lauschte meinen Antworten mit dem staunenden Gesichtsausdruck eines Mannes, der ein bedeutsames Geheimnis erfährt.

»Die Gefahr liegt in den Füßen«, erklärte ich. »Strauße haben zwei Zehen, nicht mehr als zwei, aber mit denen können sie einen Menschen enthaupten, vor allem dann, wenn sie brünstig sind und der Mensch ihnen im Morgengrauen zu nahe kommt.«

Thierry seufzte, drehte die Zeichnung hin und her und bat mich, mehr zu erzählen: über Farbe und Größe der Eier, die Zeit, die die Küken zum Schlüpfen brauchten, welche Nahrung sie benötigten. An diesem Punkt hielt ich inne, versprach, ihm das ein andermal zu erzählen, denn jetzt sei ich erschöpft und müßte ein bißchen schlafen.

»Nur noch eins«, bat er. »Sagen Sie mir, wie lange sie leben.«

Bevor er ging, legte er mir in greifbarer Nähe eine ordentliche Portion Eis und die Tabletten für den Nachmittag zurecht. Dann verschwand er geräuschlos, was mich an die bengalischen Gehilfen aus Spielfilmen erinnerte, die am Schluß immer ihren Herrn erstechen.

An der Tür drehte er sich noch einmal um, sah mich an und machte eine Abschiedsgeste.

»Es stimmt nicht, daß sie ihren Kopf in den Sand stecken«, murmelte ich mehr zu mir selbst. Er aber konnte mich nicht mehr hören.

★

An den Flüssen und Teichen des Monteverde-Waldes im Norden Costa Ricas tauchten jedes Jahr im Frühling Tausende von Goldkröten der bekannten Spezies *Bufo periglenes* auf.

Das war die Zeit, in der sie ihr seltsames, mehrere Tage andauerndes Paarungsritual veranstalteten.

1988 wurde in dem riesigen Wald nur noch eine einzige Goldkröte gesehen.

1990, zwei Jahre später, war der *Bufo periglenes* ausgestorben.

Kuhpisse

ER KEHRTE BELADEN mit Fröschen zurück. Schwarze Frösche wie blanke Kieselsteine. Erschrockene Frösche mit einem Eulenblick. Gelbe Frösche von der Größe eines Geldstücks.

Er brachte auch eine nie zuvor gesehene Kröte mit, ein verschlagenes Tier, das aber mehr einer Fledermaus als einer Kröte glich und das sich in dem Fläschchen noch bewegte; ich fragte Papa Crapaud, was für ein Teufel denn das sei, und er antwortete mir, das sei das Wertvollste, was er je entdeckt habe. Dann begann er, sie zu zeichnen, und zeigte mir die Füße, den platten Kopf, die Giftblasen und die Flügel, die sie benutzte, um sich von der Höhe eines Baums hinabzustürzen. Papa Crapaud war sehr stolz auf die Beute, die er aus Guadeloupe mitgebracht hatte. Aber besonders stolz war er auf die Frau, die er dort gefunden hatte.

Sie hieß Ganesha, und ich hatte, jung, wie ich damals war, noch nie eine ähnliche Frau gesehen. Später habe ich viele mit dieser Hautfarbe und den gleichen Augen gesehen, alle falsch. Es ist etwas in dieser Mischung, was nicht von Gott kommt. Papa Crapaud sagte, daß Ganeshas Familie, ihre Mutter und ihr Vater, von sehr weit her gekommen waren. Er holte eine Landkarte und zeigte mir die vier Meere, die man überqueren mußte, um nach

Guadeloupe zu gelangen. Ich fragte ihn, warum sie nicht in ihrem Land geblieben waren, aber seine Antwort war eigentlich überflüssig. Sie blieben nicht, weil geschrieben stand, daß ihnen eine Tochter geboren werden sollte, und es stand geschrieben, daß sie an dem Tag, als Papa Crapaud an einem Ort namens Pointe-à-Pitre an Land ging, die erste sein würde, die auf ihn zukäme und ihm ein getrocknetes Fröschlein anbieten würde. Später erfuhr ich, daß sie an einem Hafenkiosk Zierfrösche verkaufte, und dort haben sie sich zum erstenmal gesehen.

Am Tag, als er mich ihr vorstellte, begrüßte mich Ganesha und legte die Handflächen aneinander, sie hatte stark behaarte Arme, und ich wettete insgeheim, daß sie drei mehr als üppige Mähnen hatte, wie mein Vater sie so sehr pries. Aber sie trug auch einen kleinen Nasenring und hatte einen blutroten mondförmigen Fleck auf der Stirn. Ich dachte, er sei angemalt, kein Mensch hat an irgendeiner Stelle einen so roten und so runden Fleck.

Sie war keine sehr saubere Frau. Im Gegensatz zu meiner Mutter, die zu sagen pflegte, daß schlampige Frauen es immer schafften, die Männer anzuziehen. Das fand ich bei Ganesha bestätigt, denn Papa Crapaud trug keine gebügelten Hemden mehr, und wenn er ein Taschentuch hervorholte, und es waren immer weiße Taschentücher, grauste es einen vor dem trockenen Rotz, den Schweißflecken, dem Dreck einer ganzen Woche. Ganesha war so schmutzig, daß sie Kuhpisse zum Bodenputzen benutzte, so schmutzig, daß sich die Nachbarn beschwerten, denn sie ertrugen den Kuhmistgestank nicht mehr, der aus ihrem Haus strömte.

Papa Crapaud war sehr beleidigt, wenn man sich bei ihm über seine Frau beklagte, er hob die Faust und fuchtelte damit herum, als würde er die Ehre seiner Mutter verteidigen. Er verstieg sich sogar zu der Behauptung, daß Ganesha nicht die gleiche Sorte Christin sei wie die anderen Frauen und daß die *Loas*, die an seinen Tisch herabkämen, die *Loas* aus einem anderen Land seien, die Kuhpisse und Kuhmist, Kuhmist und Milchreis mochten. Niemand glaubte das, wir alle wußten, daß Ganesha ihm seine Seele geraubt hatte. Das war Papa Crapauds Leiden, zu Beginn sprach er kaum, man merkte es, wenn es dunkel wurde und wir allein auf dem Berg blieben. Ich überreichte ihm die gefangenen Fröschlein, irgendeinen Frosch, der ihn interessierte, und dann sah er mich fest an: »Sag mir, Thierry, wo sitzt die Würde eines Mannes?« Er fragte mich das, weil er wußte, was ich ihm antworten würde: »Die Würde des Mannes sitzt in seinen Eiern, deshalb verliert er sie häufig.«

Ganesha war auch keine treue Frau: Wenn Papa Crapaud mit mir in die Lagunen ging, begannen die Männer, um ihr Haus zu streichen. Einer schaffte es immer, reinzukommen, sie entschied, welchen sie reinließ und welchen nicht. Die anderen blieben draußen, starrten mit offenem Maul das Haus an und sabberten vor Gier. Manchmal kehrte Papa Crapaud unverhofft zurück und veranstaltete ein großes Geschrei; er nahm den Besen und fuchtelte damit in der Luft herum, die Männer wichen zurück und kamen bei nächster Gelegenheit wieder, wie Rüden, die hinter einer läufigen Hündin her sind.

Nach und nach unternahm er keine Expeditionen

mehr, er wollte Ganesha nicht allein lassen; er verprügelte sie oft, aber sie kam dadurch nicht zur Vernunft, sie verliebte sich in einen Mann, der jünger war als Papa Crapaud, sogar jünger als sie selbst, einen Trinker, der die anderen Freier abschreckte – er, er konnte das – und der alles klaute, was er nur finden konnte: Fotoapparate und Kugelschreiber, Dollar und Schuhe, Seifen und Brillen, alles, was Papa Crapaud nicht gut versteckt hatte.

Ich war es, der nun die Frösche suchen mußte. Der Alte blieb zu Hause und gab vor, Kröten zu zeichnen, bewachte jedoch seine Frau. Es gab eine Zeit, da befestigte er Stacheldraht an den Fenstern und verbrachte die Nacht damit, vor der eigenen Haustür Wache zu halten, bewaffnet mit einem alten Karabiner, den er von einem *Macoute* aus Petit-Goâve gekauft hatte. So endete ein Mann der Wissenschaft, versenkt in diesen Brunnen, nachts Selbstgespräche führend. Eingeweide von Fröschen können einen Mann nicht berühmt machen. Und er hatte nichts anderes auf der Welt außer seinen Fröschen, deshalb betrogen sie ihn.

Ich fragte ihn, warum er Ganesha nicht dahin zurückschickte, wo er sie getroffen hatte, und da sah er mich mit den Augen eines Betrunkenen an, er, der nie auch nur einen Schluck Schnaps getrunken hatte: »Wo sitzt die Würde eines Mannes?« Er griff nach seinen Teilen und holte sie vor meinen Augen heraus. »Hier sitzt sie, Thierry, und hier habe ich nichts, gar nichts.«

Ganesha saß auf dem Boden und machte sich nicht einmal die Mühe, uns anzusehen. Sie kochte im Hocken, bereitete einen ziegelsteinfarbenen Eintopf zu, den sie dann in blumenverzierten Näpfen servierte, die sie aus Guadeloupe mitgebracht hatte. Wenn man es am wenigsten erwartete, sprang sie auf und rannte aus dem Haus, und Papa Crapaud rannte hinter ihr her, stieß Beschimpfungen aus, erwischte sie, packte sie am Nacken und schleppte sie wieder in seine Höhle. So lebten sie, so veränderte sich das Leben aller, meines eingeschlossen, denn auch ich wollte wissen, was diese Hexe zwischen den Beinen verbarg. Als Papa Crapaud eines Tages ein paar Briefe zur Post brachte, blieb ich im Haus und umarmte sie von hinten. Sie drehte sich um und versuchte zu fliehen, ich erwischte sie an der Tür, hob ihren Rock und sah alles, was ich sehen wollte: Haare, so lang wie ein Bart, schwarz und glatt, ich bin sicher, daß sie sie kämmte, sie war imstande, sogar Zöpfe daraus zu flechten. Ich teilte die Haare wie einen Vorhang, und sie ließ sich anfassen, ich zog ihr die Bluse aus und sah die Knospen ihrer Brüste, so rot wie der Fleck auf ihrer Stirn, fuhr mit der Zunge darüber, um ihr die Schminke abzulecken, ich dachte, es sei Schminke, rieb sie mit Spucke ein, aber die Knospen blieben rot, sie waren wirklich rot. Da drückte ich sie zu Boden, und es gelang ihr, sich zu befreien, aber statt um sich zu schlagen und zu flüchten, ließ sie sich auf alle viere nieder und bot sich an wie eine Hündin. Ganesha mußte man um nichts bitten, deshalb waren so viele hinter ihr her. Sie wußte, was jeder einzelne brauchte.

Wenn Papa Crapaud mich künftig fragte, wo die Würde des Mannes säße, antwortete ich ihm nicht mehr. Im Gegenteil, ich schlug die Augen nieder und wechselte das Thema. Auch mir fehlte etwas. Etwas, was ich an dem

Tag verloren hatte, an dem ich Ganesha vögelte, und auch an den folgenden Tagen, in der ganzen nächsten Zeit konnte ich an nichts anderes denken außer daran, wie ich sie wieder vögeln würde.

Dann wurde ich krank. Ich gestand es meinem Vater, der das nicht so wichtig nahm und mich nur zu Divoine Joseph schickte, damit der mir irgendein Heilmittel gab. Divoine zog mich aus, als wäre ich ein *Pwazon rat* aus dem Trupp, untersuchte mich von vorne bis hinten, zog meine Vorhaut zurück, drückte meine Pobacken auseinander und befühlte meinen Hodensack.

»Dich hat's erwischt, mein Sohn.«

Er verordnete mir ein Gebräu zum Einnehmen und ein anderes Mittel, mit dem ich mich zwischen den Beinen einreiben mußte.

»Es würde dir besser bekommen, ihn in der Bar von Tancrède reinzustecken. Dort sind sie sauber.«

Auch Papa Crapaud wurde sehr krank. Ich bat ihn, sich von Divoine Joseph behandeln zu lassen, aber er wollte nicht, er zog es vor, einen Arzt aus Port-au-Prince kommen zu lassen, einen Weißen, dem er vertraute und der ihm lange Zeit Injektionen verabreichte, ohne ihn jedoch richtig heilen zu können.

Eines Morgens, als wir vom Fluß zurückkehrten, fragte er mich, warum ich seine Ganesha gevögelt hätte, er sagte das mutlos, und ich schwieg. Danach fiel mir ein, daß es vielleicht die Kuhpisse war. Ich erklärte ihm, daß der Geruch, den seine Frau angenommen hatte, derselbe Uringeruch sei, den sein Haus verströmte.

»Das zieht die Männer an«, versicherte ich ihm. »Deshalb kommen sie wie Hunde angelaufen, wir sind alle so, wenn man die Begierde eines Tiers im anderen riecht.«

»Ganesha hat ihren eigenen Glauben«, erwiderte er. »Die Sitten ihrer Eltern, hast du vielleicht nicht auch die Sitten deiner Eltern?«

Da erinnerte ich mich an das Gesetz des Wassers, es war ein schwieriges Gesetz, von dem ich ihm nie erzählt hatte, nicht einmal in den vielen langen Nächten, die wir zusammen am Fluß verbracht hatten, wenn wir den Geräuschen lauschten, die nicht von dieser Welt waren, Stimmen, die einen anekelten, Geplapper und Gejammer eines Wesens auf der Wasseroberfläche. Ich fragte ihn, ob ich es ihm erläutern sollte, ich dachte, auf diese Weise könnte ich ein bißchen den Schaden wiedergutmachen, den ich ihm zugefügt hatte, als ich mich unter seinem Dach mit dieser Hure von Frau herumgewälzt hatte – mit der mich herumzuwälzen ich noch immer Verlangen verspürte.

Papa Crapaud lud mich in sein Haus ein, etwas, was er lange nicht mehr getan hatte. Er bat Ganesha, uns Tee zu servieren und uns allein zu lassen. Dann zündete er sich seine Pfeife an, das war der einzige Luxus, den man ihm nicht hatte nehmen können, sah mich entschuldigend an und setzte sich, um mir zuzuhören.

»Gesegnet sei Agwé Taroyo«, begann ich. »Das Wasser löscht die Kerze.«

Barbara

ER BAT MICH, das Aufnahmegerät abzuschalten. Das Gesetz, das er mir gerade erläutern wollte, konnte nur im Kopf und in der Sprache der Menschen fortdauern.

Wen man liebt, sagte er, den sollte man respektieren, und der Anfang aller Liebe ist die Erinnerung. Ich konnte seine Worte auswendig lernen, er empfahl mir sogar, es zu tun, aber man würde schwer bestraft, wenn man sie ohne Erlaubnis der »Mysterien« wiederholen würde. Da er schon nicht das Leben Papa Crapauds hatte retten können, wäre er vielleicht jetzt, nach so vielen Jahren, in der Lage, das eines anderen Froschsuchers zu retten.

»Ihr Leben«, murmelte er, »was das gleiche ist.«

Er zündete sich eine Zigarette an und schenkte sich ein Glas Rum ein. Das Zimmer lag im Halbdunkel. Thierry sprach leise, wiederholte aber jeden Satz mehrmals, es war wie ein monotones und stolzes Diktat, die Erregung machte es ihm unmöglich, lauter zu reden. Wenn er eine Pause einlegte, führte er das Glas mit dem dunklen Rum an die Lippen, und mir schien, als knisterten seine Lippen bei der Berührung mit dem Schnaps.

»Die am Meer gelegenen Lagunen ernähren sich nicht ausreichend. Das ist das erste, was Sie wissen müssen.«

Er sprach wie in einer Art Halbschlaf oder Trance,

schloß leicht die Lider, und es blieb kaum ein weißer Schlitz sichtbar.

»Da sie sich nicht ausreichend ernähren, haben sie ständig Hunger, und da sie Hunger haben, verschlingen sie alles, was sie finden können. Ein Mensch muß seine Vorsichtsmaßnahmen treffen, wenn er nahe an den großen und einsamen Wasserflächen vorbeigeht.«

Er zitterte, und ich fragte, ob er friere und ob ich die Klimaanlage abschalten solle. Er antwortete nicht, begann ganz langsam vor- und zurückzuschaukeln, und es sah so aus, als könnte er jeden Moment umfallen.

»Gehen Sie und holen Sie sich Ihre Fröschlein, ich sage ja nicht, daß Sie es nicht tun sollen, aber hüten Sie sich davor, in das Auge des Wassers zu schauen oder stehenzubleiben, um die Frau zu grüßen, die am Ufer Wäsche aufhängt. Die Frau ist schwarz, aber die Kinderchen sind wahrscheinlich Mulatten. Wenn Sie gerufen werden, antworten Sie nicht, und beschleunigen Sie Ihren Schritt, denn das sind keine Menschen von dieser Welt. Wenn Sie hingegen einen räudigen Geier sehen, grüßen Sie ihn sofort, sagen Sie zu ihm: ›*Kolé kolé yo la*‹, wiederholen Sie das dreimal, und bekreuzigen Sie sich im Namen Gottes.«

Mir fiel ein, daß Martha die Angewohnheit hatte, sich vor dem Zubettgehen zu bekreuzigen. Am Anfang erschien es mir merkwürdig, daß eine Frau mit ihrem Charakter, ihrer wissenschaftlichen Strenge, sich diese Sünde aus der Kindheit bewahrt hatte, wie jemand einen alten Teddybären aufbewahrt und ihn vor dem Schlafengehen umarmt. Sie mochte mir nie den Ursprung dieser Marotte erzählen, zu jener Zeit war es nicht mehr als eine lächerliche Marotte, aber ich nehme an, daß es etwas mit dem Getue der alten Frau zu tun hatte, die sie aufzog. Sie war noch nicht einmal zwei Jahre alt, als sie zu ihren Großeltern gebracht wurde, und von da an sah sie ihre Eltern nur gelegentlich, fast immer zu Weihnachten, die Mutter war irgendwie krank, sie war periodisch depressiv. Bis zu unserer Hochzeit kannte ich sie nicht, sie tauchten wie zwei Gespenster auf, und ich beobachtete sie: Martha hatte viel von ihrer Mutter, besonders in den Augen und in der Art, den Mund zusammenzukneifen; ihrem Vater ähnelte sie überhaupt nicht, nicht einmal im Timbre der Stimme.

»Legen Sie sich nie unter einem Baum schlafen. Man muß die Bäume sehr genau kennen, um zu wissen, welcher sauber und welcher belastet ist.«

Thierrys Glas war leer, er schenkte sich nach, warf den Kopf zurück, und mir schien, als verändere sich seine Stimme.

»Wenn Sie einen Krebs in der Nähe eines Hauses sehen, rufen Sie nach dem Besitzer, rufen Sie ihn laut, denn dieses Tier ist nie allein. Die Krebse werden bearbeitet, mit dem ›Schaden‹ vollgestopft und befreit, damit sie jemand einsammelt. Es sind nur noch sehr wenige übrig, die diese Arbeit zu verrichten wissen, aber für den Fall, schreien Sie ihn an, daß Sie das nicht wollen.«

Gekochter Krebs. Krebsscheren in Parmesan. Rühreier mit Krebssahne. Das waren Teile des Menüs im Crab Stories, Marthas Lieblingsrestaurant, das sie mindestens zweimal pro Woche mit Barbara zum Essen aufsuchte.

Eines Abends lud sie mich ein und ließ mich überbackene Meeresfrüchte probieren, ein köstliches Essen, das mich mit Mißtrauen erfüllte.

»Wiederholen Sie keinesfalls die Namen der Menschen, die Sie lieben, wenn Sie bis zur Hüfte im Wasser stehen; machen Sie weder Pläne, noch denken Sie an Feierlichkeiten, wenn Sie mit den Füßen im Wasser stehen; erinnern Sie sich nicht einmal zufällig an Ihre Toten, die Toten verweilen eine Zeitlang und spielen in den Flußbetten, saugen von unten an den Lebenden, ertränken sie unabsichtlich.«

Wenige Jahre später starb Marthas Mutter. Wir wurden am frühen Morgen benachrichtigt, fast alle plötzlichen Todesfälle ereignen sich zu dieser Zeit. Ich begleitete meine Frau zum Begräbnis und sah, daß die Verstorbene die Lippen zusammengepreßt hatte. Meine Schwiegermutter war auf ziemlich dumme Art gestorben: Sie war zu Hause ausgerutscht, und ihr Kopf war beim Aufprall wie eine Frucht zersprungen. Martha vergoß keine einzige Träne, war jedoch völlig niedergeschmettert, als ein paar Monate später ihre Großmutter starb. Sie wollte, daß wir die Totenwache bei uns zu Hause abhielten, sie hatte gerade Barbara kennengelernt, sie hatten sich auf einem ökologischen Seminar angefreundet und sahen sich seitdem praktisch täglich. Barbara half ihr, die Totenwache zu organisieren, sie war freundlich und umarmte mich höflich. Dann verschanzte sie sich an der Seite meiner Frau und blieb dort bis zum Begräbnis: Sie massierte ihr den Rücken, brachte ihr etwas zu essen, begleitete sie ins Bad.

»Wagen Sie es nicht, Papaya zu essen, wenn die Lagune in Sicht ist. Lassen Sie sich nicht einfallen, Annonen zu schneiden oder Mangos zu schälen, wenn Sie glauben, daß das Aroma ans Wasser dringen könnte. Schlagen Sie keine Kokosnuß, wenn Sie meinen, daß man den Schlag am Ufer hören könnte. Hören Sie auf mich.«

Nach dem Begräbnis kehrten wir nach Hause zurück. Barbara kam mit uns, kümmerte sich um die Küche und bereitete das Abendessen zu, sie war eine sehr praktische Frau, eine von den Personen, die eine gewisse Sicherheit vermitteln, möglicherweise genau die, die sie in Wirklichkeit entbehren. Beim Abendbrot bot sie meiner Frau ein Glas Wein an, und meine Frau küßte sie zum Dank auf die Wange.

»Wenn ein Mann im Wasser die Füße einer Frau küßt, wird die Frau zuerst sterben.«

Thierry stand auf, machte eine Art träge Bewegung und eine andere vage Geste, die Freude auszudrücken schien. Er wirkte auf mich, als sei er nach vielen Stunden Schlaf aufgewacht. Dann trocknete er sich die Lider, es schien, als würde er Tränen wegwischen, aber da waren keine Tränen, nur die Erinnerung an sie.

»Wenn zwei Frauen gleichzeitig mit demselben Fuß voran an der Mündung, wo sich Salz- und Süßwasser treffen, ins Wasser gehen, werden sie sich lieben wie Mann und Frau.«

»Wie Mann und Frau.« Ich zuckte zusammen. Wer von beiden war der Mann? Oder liebten sie sich etwa als Frauen? Wer hatte wen verführt, welche der beiden ergriff die Initiative, was sagten sie über mich (es wird immer geredet), was erzählte Martha, über welche Erinnerungen, welche Vorwürfe, welche Enttäuschungen sprach sie?

»Trinken Sie nie Wasser aus der Lagune, ohne um Erlaubnis zu bitten und den Preis dafür zu bezahlen.«

Das, was Martha mit dem scharfen Blick der Meeresbiologin in mir sah, erzählte sie später Barbara; während einer Umarmung in jenem Apartment, das ich nicht kannte, das aber, wie ich vermutete, voller Fotografien von Barbara war – eine erfolgreiche Geologin läßt sich immer *in situ* fotografieren –, umgeben von Steinen und Fossilien, Bodenproben und Steinfragmenten, die am weitesten nach unten gestürzt waren.

»Wenn Sie einen Stein aus einer Lagune mitnehmen wollen, müssen Sie sich niederknien und fragen, ob Sie es dürfen. Haben Sie nie einen mitgenommen?«

Ich machte Thierry ein Zeichen, daß er schweigen solle, und schloß die Augen. Ich fühlte mich plötzlich verzweifelt, versuchte, mich auf meine Genesung zu konzentrieren – noch immer schmerzten mich die Schläge – und auf den ungefähren Termin, an dem wir uns zur Expedition auf den Casetaches aufmachen könnten. Das war das einzige, was mich interessieren durfte. Ich öffnete die Augen, sie waren entzündet und brannten jetzt.

»Meine Frau hat mich verlassen, Thierry. Ich will nicht vom Wasser sprechen. Wann, glaubst du, können wir auf diesen Berg steigen?«

»Auf den Casetaches? Wann Sie wollen, wenn Sie sich besser fühlen. Noch in dieser Woche.«

»In dieser Woche«, beschloß ich. »Aber jetzt sag mir, wie ist Papa Crapaud gestorben?«

★

Im Jahre 1992 erforschte David Whistler, der Leiter des Naturgeschichtlichen Museums in Los Angeles, auf der Inselgruppe Hawaiis die Population der Agakröte *Bufo marinus*.

Auf der Insel Kauai, auf der diese Art früher sehr häufig vorkam, konnte er kein einziges Exemplar dieses Tieres finden, weder tot noch lebendig.

Die Eingeborenen erzählten ihm, daß die Kröten einfach »gegangen« seien.

Du, Finsternis

AN DEN UFERN des Bras à Gauche, des stillsten Flusses, den ich kenne, atmet man die schädlichen Ausdünstungen ein, die vom Bras à Droite kommen, dem schmutzigsten Fluß. Diese beiden Wasserläufe vereinigen sich in einer Senke, Saut du Clerc genannt, und von dort fließen sie als ein einziger Fluß weiter, weder so still noch so schmutzig, ein grüner und verdorbener Arm, der in der Nähe von Jérémie ins Meer mündet.

Die »Mysterien« haben ihre Launen, und statt im Bras à Gauche zu essen, der immer himmlisch riecht, bestehen sie hartnäckig darauf, ihre Nahrung aus dem Bras à Droite zu holen, der übel stinkend herabfließt. Papa Crapaud wollte es nicht glauben, und so nahm ich ihn eines Nachts mit, damit er es selbst sehen konnte: Er sah mit eigenen Augen, wie eine Alte, Passionise genannt, in den Fluß ging, in der einen Hand das Tablett mit lebenden Hühnern, den Lebensmitteln und dem Sirup, in der anderen, eingewickelt in Zeitungpapier, die feinen Süßigkeiten aus der Dominikanischen Republik. Die Alte versank mit all diesen Speisen, blieb lange Zeit unter Wasser, offensichtlich, um Agwé Taroyo den Tisch zu decken, und sie ertrank nicht. Als die Trommel geschlagen wurde, kam sie sehr zufrieden zurück. Immer blieb eines ihrer Kinder mit seiner Trommel am Ufer, und wenn es annahm, daß die Mutter bereit war, wieder aufzutauchen, trommelte es kräftig, denn die Trommelschläge halfen ihr, den Rückweg zu finden.

Papa Crapaud gefielen diese beiden Flüsse sehr, besonders der Bras à Gauche, wo er seine Kröte fand. Es gab eine Zeit, noch bevor er mit Ganesha zurückkehrte, in der wir unser Lager am Flußufer aufschlugen. Er legte sich nach dem Frühstück schlafen und wachte bei Einbruch der Dunkelheit auf, das war der Zeitpunkt, zu dem auch das Tier wach wurde. Dann verbrachte er die Nächte damit, es zu beobachten, die Geräusche, die es machte, zu notieren, mitzuzählen, wie oft es den Geschlechtsakt ausführte – und das war häufig, es war eine unglaublich brünstige Kröte –, zählte die Eier des Weibchens und nahm eine noch lebende Kaulquappe unter die Lupe. Papa Crapaud gab ihr einen langen Namen, viel zu lang für eine so auffallend hellviolette Kröte mit flachem Kopf und weißen Pünktchen um die Augen. Jahre später verschwand dieses Tier, es ging zum Mond, wie so viele andere auch.

Das war eine glückliche Zeit für Papa Crapaud, sie schickten ihm ein buntes Bild mit der Zeichnung von der Kröte und seinem Namen in großen Buchstaben darunter. Es war ein Bild aus einem Buch, er rahmte es ein und hängte es in seinem Haus auf. Vielleicht war er deshalb so glücklich an diesem Fluß. Als er Gancsha nicht mehr bewachen konnte, wollte er, daß wir zum Bras à Gauche zurückkehrten; er sagte, er wolle die Schlupfwinkel der kleinen Schwarzlippenfrösche durchsuchen, kaufte einen kleinen Lastwagen, mit dem er auf den Berg fahren konnte, und wir schlugen unser Lager nahe dem Saut du Clerc auf. Dort blieben wir drei Tage lang, ohne etwas zu tun, und kaum daß er sich übers Wasser gebeugt hatte, fing der arme Alte an zu kränkeln, aber er wollte nicht nach Jérémie zurückkehren.

Ich dachte, er sei wieder an seinen Teilen erkrankt, und erbot mich, ihn zu Divoine Joseph zu bringen, aber er murrte und sagte, das sei nicht nötig. Wir sahen uns an, und in jener Nacht packte er mich am Arm, als ich ihm seine Suppe brachte, und gestand mir, daß er vergiftet worden sei. Ich fragte, wer ihm dieses Gift gegeben habe, aber er schwieg. Daraus schloß ich, daß Ganesha schuld war, und ich teilte ihm mit, daß ich, sobald die Sonne aufginge, Divoine Joseph holen würde, ob er wollte oder nicht, damit der ihm ein Gegenmittel verabreichte. Divoine konnte nicht nur schlimme Krankheiten heilen, er kannte auch die Gegenmittel zu fast allen Giften.

Papa Crapaud jammerte immer mehr, er sagte, er fühle sich, als krabbelten ihm alle Ameisen der Welt unter der Haut herum. Er konnte nicht einschlafen, und so redeten wir bis zum Morgengrauen, er wollte wissen, womit man ihn vergiftet hatte, er sagte das nicht so, aber ich entnahm es den Fragen, die er mir stellte. Ich erklärte ihm, daß man das Gift in Saint-Marc so und in Gonaïves anders herstellte, aber da der Liebhaber Ganeshas aus Léogane stammte, wettete ich darauf, daß ihm das dort fabrizierte Gift verabreicht worden war. Eines davon, denn in Léogane wurden zwei hergestellt, jedes enthielt andere Viecher. Ich hatte einen Kloß im Hals, als ich ihm erklärte, daß das mit den Ameisen unter der Haut ein

Zeichen dafür war, daß er ein Gift bekommen hatte, das Kröte enthielt. Das war nicht gerecht, das war ungesetzmäßig, wenn er am Gift des *Crapaud blanc* sterben würde, wer weiß, ob es nicht vermischt war mit dem vom *Crapaud brun*.

»Das ist gerecht«, sagte Papa Crapaud. »Es muß gesetzmäßig sein, daß mich die Kröten von dieser Welt befördern.«

Er wollte lächeln, aber sein Mund verzog sich, dann fragte er, ob man zu dem Gift auch Fisch gäbe. Ich antwortete, zwei, einer heiße *Bilan* und der andere *Crapaud du mer*, sobald man sie mit einer Zweigspitze berühre, würden beide anschwellen und eiweißhaltige Galle absondern. Er fragte mich, wo ich so viel über Gifte gelernt hätte, und ich erzählte ihm, daß Charlemagne Compère, der Ziehbruder von Yoyotte Placide, sie in Gonaïves zubereitete. Ich hatte Charlemagne ein paarmal Pulver abfüllen sehen, und dafür rieb er sich die Hände mit *Clairin*, Ammoniak und Zitronensaft ein, verstopfte sich die Nasenlöcher und bedeckte den ganzen Körper mit Jutesäcken, darüber stülpte er sich einen Hut. Die Männer, die Gift herstellten, achteten sorgfältig darauf, daß sie es weder berührten noch einatmeten, und dennoch kam es vor, daß auch sie daran starben.

Papa Crapaud fragte mich weiter aus, und ich preßte die Lippen zusammen. Ich erinnerte mich daran, daß sie in Gonaïves zur Verstärkung des Pulvers Kröte und Schlange zusammen in ein Gefäß steckten, es vergruben und dort einige Zeit ließen, bis die Viecher vor Wut starben. Dann holten sie die toten Tiere wieder raus, ließen sie trocknen und zerstießen sie, um sie dem Pulver beizumischen. Es schien mir nicht sehr christlich, das in jener Nacht zu erzählen, solange es Papa Crapaud so schlecht ging, und ich tat so, als sei ich sterbensmüde; auch er sagte, daß sich die Ameisen in seinem Körper beruhigten und wir schlafen sollten.

Es freute mich, das zu hören, und ich kuschelte mich in meinen Schlafsack, träumte von meiner Mutter und meinen toten Freunden, aber ich träumte besonders von der Verwirrten, die ich vor langer Zeit vom Berg Casetaches geholt hatte. In meinem Traum konnte ich sie nicht sehen, aber ich wußte, daß sie da war, denn ich hörte sie sprechen, die Worte ihres Mundes, die länger und viel schwieriger waren als die ihres Herzens. Da weckte mich der Schrei einer Eule, ich glaubte zuerst, es sei eine Eule, aber gleich wurde mir klar, daß es Papa Crapauds Schrei gewesen war. Ich nahm die Taschenlampe und setzte mich neben ihn: Ein feines Blutrinnsal floß aus seiner Nase, er bewegte sich nicht und atmete auch nicht mehr, ein weiteres Rinnsal lief aus seinem Mund. Ich erinnerte mich an den Satz meines Vaters, mit dem die Toten gegrüßt werden, etwas, was man in Guinea immer gesagt hatte: »Die Seele des Verstorbenen entfährt frei durch die Pfeilspitze, die Erikuá genannt wird.«

Ich betete für Papa Crapaud, zog ihm das Hemd aus und wischte das bereits antrocknende Blut weg. Das Hemd verstaute ich in meinem Rucksack, denn es war von Todeskraft getränkt. Ich zog ihm ein weniger schmutziges Hemd an, ich habe Ihnen ja schon erzählt, daß Papa Crapaud seine Kleidung vernachlässigte, seit er mit Ganesha zusammen war. Dann legte ich die Leiche auf den Lastwagen und brachte sie nach Hause. Ich klopfte nicht an die Tür, sondern beugte mich zuerst zum Fenster hinein, sah Ganesha auf den Knien, umgeben von Rauch und dampfenden Kuhfladen, eingehüllt in diesen Gestank nach Kuhpisse, und sie betete zu der Jungfrau mit den vielen Armen, der, die sie Mariamman nannte. Sie wiederholte mehrmals jenes Gebet: »*O toi, lumière... Toi, l'Immaculée, toi, l'obscurité qui enveloppe l'esprit de ceux qui ignorent ta gloire.*«

Ich stellte mir vor, daß sie für die Seele Papa Crapauds betete, denn sie mußte ja wissen, daß er tot war; von allen Frauen, die ich in meinem Leben kennengelernt hatte, war Ganesha die verdorbenste. Ich ging zurück zur Tür und klopfte, es dauerte, bis sie öffnete, und als sie es schließlich tat, sah ich, daß sie sehr geschwitzt hatte, das orangefarbene Gewand klebte ihr auf der Haut vor Schweiß, Schweißperlen liefen ihr über Wangen und Brüste.

»Ich komme, um ihn dir zu bringen.«

Sie bedeckte sich den Kopf mit einem weißen Tuch, das sie um die Schultern getragen hatte.

»Die Familie wird alle seine Unterlagen haben wollen«, sagte ich, »Gott bewahre dich davor, sie anzufassen.«

Zu zweit holten wir die Leiche vom Lastwagen und legten sie aufs Bett. Ich wies Ganesha darauf hin, daß sie einen Arzt holen müsse, der die Todesursache feststellte.

»Er starb hierdran«, sagte sie und berührte durch den feuchten Stoff die rote Knospe.

Die Frau Papa Crapauds und seine Söhne, die selbst

schon Männer waren und eigene Familien hatten, wohnten zu weit weg, um rechtzeitig zu kommen. So war es an uns, Ganesha und mir, in jener Nacht Totenwache bei ihm zu halten und am nächsten Tag Abschied zu nehmen. Es kam auch einer seiner Freunde aus Port-au-Prince, der in Ganeshas und meiner Gegenwart mehrere Kisten mit den präparierten Fröschen, den Unterlagen und Zeichnungen Papa Crapauds zusammenpackte. Die Kleidung verteilte er unter den Anwesenden, und mir bot er ein Paar Schuhe an, aber ich nehme nie Schuhe von Verstorbenen, es bringt schon Unglück, wenn man sie sieht, stellen Sie sich vor, wie es erst wäre, wenn man sie trüge.

Sogar der Geliebte von Ganesha, der Mann aus Léogane, bekam ein Geschenk: ein Paar Hosen und ein fast neues Hemd, und er nahm alles gern an, obwohl er später fragte, ob er auch die Schuhe haben könne, die ich zurückgewiesen hatte, er sagte das sehr bescheiden, als hätte er nicht schon genug gestohlen.

Der Arzt erschien und wiederholte, was Ganesha gesagt hatte: Papa Crapaud war das Herz gebrochen, und wahrscheinlich war es schon lange krank gewesen. Das haben die Pulver auch an sich, sie sind für die Wissenschaft unsichtbar, für das bißchen Wissenschaft der Ärzte, meine ich. Divoine Joseph, der so gewitzt und so weise war, hätte die Ursache entdeckt, wenn er nur am Kopf des Verstorbenen gerochen hätte.

Im Morgengrauen beerdigten wir ihn. Wir wurden vom Pfarrer aus Jérémie und einem Professor aus Cap-Haïtien, der in letzter Minute angekommen war, begleitet, einem liebenswürdigen Mulatten, der sich die Tränen abwischte. Ganesha zündete Weihrauch an und gab uns allen eine Tüte mit Blütenblättern, damit wir sie ins Grab werfen konnten. Mein Bruder Jean-Pierre war mit mir gekommen, und Carmelite, die Tochter Frou-Frous, erschien auch, ganz in Schwarz gekleidet und mit dem Strohhütchen ihrer Mutter. Sie war eine sehr hübsche Frau geworden, und ich lud sie zu einem Spaziergang nach der Beerdigung ein, aber sie sagte, daß sie es nicht mehr auf dem Berg tun würde, und wenn Jean-Pierre oder ich sie vögeln wollten, müßten wir sie schon in unser Haus bringen und zulassen, daß sie dort bliebe. Das war ein Befehl ihrer Mutter.

Ich dachte darüber nach und beschloß, daß mir das nicht zusagte. Sie in mein Bett mitzunehmen war, als würde ich allen, Frou-Frou und meinen Brüdern – mein Vater war ein paar Monate zuvor gestorben –, mitteilen, daß ich sie richtig zu meiner Frau und zur Mutter meiner Kinder machen würde. Aber so sehr liebte ich sie nicht. Außerdem plante ich, nach Port-au-Prince zu ziehen, denn da mein Vater und mein zweiter Vater, nämlich Papa Crapaud, nun tot waren, hielt mich nichts mehr in Jérémie. Höchstens eines hielt mich noch zurück, etwas, was ich damals nicht verstand, ein Geheimnis meines Herzens.

Ich glaubte, daß in dem Augenblick, unter der Sonne auf dem Friedhof, auch mein Bruder Jean-Pierre Lust bekam, Carmelite zu umarmen, und sie sagte ihm das gleiche, was sie mir gesagt hatte. Aber mein Bruder ist ein schlichter Mensch, oder vielleicht machte ihn der

Leichengeruch verrückt, ich weiß es nicht, jedenfalls schluckte er den Köder, und am nächsten Tag erwachte das Mädchen in seinem Bett, die ganze Familie feierte es, und Frou-Frou nahm mich beiseite, um mich darauf hinzuweisen, daß ich von nun an meine Schwägerin nicht mehr anrühren durfte. Carmelite war schon meine Schwägerin. Auch Paul durfte sie nicht anfassen. Der Jüngste meiner Mutter war ein stürmischer Junge und hatte die Angewohnheit, Carmelite in die Pobacken zu kneifen und sie vor allen zu umarmen, das Mädchen versuchte, sich zu befreien, er aber drückte sie noch fester an sich und küßte sie auf den Mund. Es war wie ein Spiel, ein gefährliches Spiel, denn Paul war der einzige, der sich nicht damit abfinden konnte, sie zu verlieren. Zuerst hatte er einen großen Streit mit ihr, eines Nachmittags gab er ihr eine Tracht Prügel, und dann griff Frou-Frou ein, nach ihr Jean-Pierre, alle schrien an jenem Tag. Carmelite weinte, und Paul schwor bei unserer toten Mutter, daß er fortginge, aber er tat es nie.

Sie sehen also, all das begann auf dem Begräbnis von Papa Crapaud zu gären, und auch andere Dinge, die Sie mir nicht glauben würden. Als wir die Blütenblätter über den Sarg gestreut hatten, bat mich Ganesha, mit ihr zusammenzuleben, und ich hatte Lust, sie anzuspucken. Ich sah zu dem Mann aus Léogane hinüber, der uns von weitem beobachtete und herauszufinden versuchte, worüber wir sprachen.

»Ich will nicht ausgeraubt werden«, sagte ich.

Sie warf sich zu meinen Füßen, begann zu weinen und zu jammern.

»Geh nach Guadeloupe zurück. Geh und lebe dort mit deinen Schweinereien.«

Papa Crapaud war gut begraben worden. Wenn Gott nichts dagegen hat, gewinnt der Tod immer. Wir gingen alle unserer Wege, und ich mit reinem Gewissen: Ich hatte dem Verstorbenen die Lippen zugenäht und ihm ein Messer in die Hände gedrückt, ich hatte es schnell getan, damit der Pfarrer von Jérémie nichts davon mitbekam. Die Leiche Papa Crapauds war gerettet: Weder der Mann aus Léogane noch seine Kumpane konnten ihn beklauen; sie konnten ihm weder seine Knochen stehlen noch seine Zähne herausschlagen, noch ihm das Stückchen Haut entreißen, das seine Sünde verhüllte.

Am nächsten Tag ging ich zum Grab und sah, daß die Erde aufgelockert war. Ich verspürte Genugtuung, als ich sah, daß meine Befürchtungen begründet gewesen waren; ein Mann beweist sich immer bei der Asche eines anderen, und ich bewies mich bei Papa Crapaud. Ich nahm eine Handvoll derselben Erde und küßte sie, rieb sie mir übers Gesicht und über den Kopf. Ein bißchen Erde gelangte in meine Augen und in meinen Mund. Etwas davon rutschte in meinen Hals, und dann hatte ich inneren Frieden gefunden.

Frieden soll heißen, der Schmerz war an seinem Platz.

Indiohütte

Wɪʀ ꜰᴜʜʀᴇɴ in dieser Woche nicht nach Jérémie, auch nicht in der darauffolgenden. Wir fuhren zwanzig Tage später, an einem Dienstag, nachdem mich der vom Konsulat empfohlene Arzt untersucht hatte, ein schon älterer, kleiner und etwas gedrungener Haitianer, der meine Knochen abtastete und mich ziemlich lange abhorchte. Er nahm mir auch Blut ab, und als er die Werte in der Hand hatte, sagte er mir, daß ich wieder ganz gesund sei.

Die Genesung zog sich trotzdem aufgrund einer Venenschwellung länger hin, als ich erwartet hatte; es war eine Art grünliche Geschwulst in Kniehöhe, ein harter schmerzhafter Knoten, der sich tagelang nicht zurückbilden wollte. Ich nutzte diese Zeit, um über die von Thierry erwähnten Spezies Informationen zu sammeln. *Osteopilus dominicencis* war der wissenschaftliche Name einer Krötenart, die auf La Hispaniola weit verbreitet war. Es gab weiße Exemplare, weshalb sie *Crapaud blanc* genannt wurde, oder braune, weshalb der Name in *Crapaud brun* verändert wurde. Das Tier, auf Haiti als *Bilan* bekannt, war nichts anderes als der *Diodom holacanthus*, einer dieser mit Stacheln bedeckten Fische, auch Annonenfisch genannt. Und bezüglich des *Crapaud du mer* fand ich heraus, daß es sich um den *Spho-*

eroides testudineus handelte, die giftigste Tierart dieser Meere.

Eines Nachmittags erhielt ich Besuch von einem Mann, der vom Hoteldirektor begleitet wurde. Er sagte, er sei Polizist, und fragte mich nach Einzelheiten des Überfalls, ob ich jemanden verdächtigte oder Anzeige erstatten wolle. Es schien mir das beste, ihm zu sagen, daß ich mich an fast gar nichts erinnerte und auch niemanden verdächtigte. Ich fügte noch hinzu, daß ich nur darauf wartete, bis ich vollständig wiederhergestellt war, um nach Jérémie zu fahren, und indirekt ließ ich ihn wissen, daß ich nicht mehr auf den Berg der verschwundenen Kinder zurückkehren würde.

Der Mann schien zufrieden und versprach, daß die Untersuchung weitergeführt und ich auf dem laufenden gehalten würde; der Hoteldirektor begnügte sich mit einem Kopfnicken, er war ein distinguierter und stets leise sprechender Mulatte, der sich nicht mehr als nötig einmischen wollte. Als sie gegangen waren, beschloß ich, Martha anzurufen. Ich hatte den günstigsten Zeitpunkt gesucht, es war der Abend vor dem Neujahrstag, ein Datum, das mich beunruhigt und das ich auf den Tod nicht ausstehen kann, deshalb hatte ich Lust, dieses Telefonat anzumelden. Es dauerte länger als eine Viertelstunde, bis ich vermittelt wurde, und als ich schließlich Marthas Stimme hörte, geschah etwas sehr Merkwürdiges: Ich war einen Augenblick lang verwirrt und fragte, wer am Apparat sei. Sie antwortete sehr zurückhaltend: »Ich bin's«, sie erkannte mich an meinem Verhalten und war so kaltblütig, zu warten und zu schweigen. »Hier ist Victor«, sagte ich und hob meine Stimme. Sie sprach nicht sofort, sondern räusperte sich zuerst: »Du bist ein Gespenst, jetzt tauchst du plötzlich auf.«

Ich erzählte ihr vom Diebstahl der Briefe und des Berichts für Vaughan Patterson, aber schon während ich sprach, spürte ich, daß meine Worte immer falscher klangen, als würde ich mir eine Entschuldigung ausdenken, eine hanebüchene Geschichte, etwas, was selbst mir unglaubwürdig erschien. Von der Schlägerei erwähnte ich nichts, ich hätte sie zwar gern in Unruhe versetzt, aber die Episode war letztlich zu erniedrigend, jedenfalls war ich mir der Wirkung, die sie bei ihr hervorrufen würde, nicht sicher.

Martha sagte eine Weile gar nichts, sie konzentrierte sich, nehme ich an, und unterbrach mich dann plötzlich: »Hör zu, ich muß dir etwas sagen.« Nun war es an mir, zu verstummen, zudem spürte ich, daß die Schwellung in meinem Knie zu pochen begann, ich bewegte das Bein, und das Pochen verschwand. »Ich hab dir einen Brief geschrieben«, fuhr sie fort. »Ich möchte wissen, wohin ich ihn schicken soll.« Ich wartete einige Sekunden, dachte daran, sie zu bitten, mir gleich zu sagen, worum es ging, einen einzigen und klaren Schnitt per Telefon zu machen. Statt dessen antwortete ich, daß ich mich im Hotel Oloffson einquartiert hatte, daß ich aber in wenigen Tagen nach Jérémie abreisen würde. Das beste sei, an das Konsulat zu schreiben, zu meinen Händen, ich gab ihr die Anschrift, und sie wiederholte sie, um jeden Irrtum auszuschließen. Dann gab sie mir mehrere Botschaften weiter, die meine Kollegen hinterlassen hatten, auch Patterson hatte angerufen und versucht, mich ausfindig zu machen, aber Martha hatte ihm wenig helfen können. »Ich habe ihm gesagt, daß ich nichts von dir gehört habe.« An diesem Punkt angekommen, zog sich das Gespräch in die Länge, war dann aber so abrupt zu Ende, wie es begonnen hatte: Wir hatten uns nicht einmal ein gutes neues Jahr gewünscht, weder sie noch ich mochten es erwähnen, das wäre einfach zuviel gewesen. Beim Auflegen empfand ich eine Art Beschämung oder blinden Zorn, ich bereute es, sie nicht gefragt zu haben, was ich ganz offensichtlich hätte fragen sollen. Ein Mann, der sich in einer solchen Situation befindet, muß bestimmte Einzelheiten wissen. Ich nahm den Hörer, um nochmals anzurufen, legte aber gleich wieder auf. Ein Mann, der sich in einer solchen Situation befindet, muß die Beherrschung wahren.

Als ich endlich wieder gehen konnte, hatte Thierry schon den Chirurgen und Hobbyherpetologen Doktor Emile Boukaka ausfindig gemacht. Monate zuvor hatte ich seine Artikel über den Rückgang der Amphibien gelesen, er hatte einen kurzen Aufsatz im *Frolog* veröffentlicht, und ich hatte mir eine Notiz gemacht und mir vorgenommen, ihm zu schreiben. Ich konnte damals nicht wissen, daß ich die Möglichkeit haben würde, ihn in Port-au-Prince kennenzulernen. Durch Thierry erhielt ich seine Visitenkarte, ein graues Kärtchen mit blaugrauen Buchstaben, ich rief ihn an, und wir vereinbarten ein Treffen.

Einen Tag vor unserer Abfahrt nach Jérémie fand ich mich in Nummer siebenundsiebzig der Rue Victor Sevère ein, vor einem Backsteinhaus, an dem ich keinerlei Schild entdecken konnte. Nur oben, nachdem ich ein paar schlecht verputzte Zementstufen, die die Schuhsohlen aufkratzten, hinaufgegangen war, gab es ein Täfelchen: EMILE BOUKAKA, SPRECHZIMMER. Ich drückte auf die Klingel, und ein zierliches Mädchen öffnete, führte mich direkt an ihr Tischchen, wo wir beide stehenblieben, während sie meinen Namen in einem abgewetzten Terminkalender suchte. Dann bat sie mich, einen Moment Platz zu nehmen. Um diese Zeit waren keine Patienten mehr da, und weil auch keine Zeitungen oder Zeitschriften zur Hand waren, konzentrierte ich mich auf ein großes, leicht verschimmeltes Schild, das direkt vor mir hing:

> *Kröte, die im kalten Stein*
> *Tag' und Nächte, drei Mal neun,*
> *Zähen Schleim im Schlaf gegoren,*
> *Sollst zuerst im Kessel schmoren!*

Neben dem Schild hing eine Art Pinnwand, auf deren Korkoberfläche viele Postkarten geheftet waren. Ich trat näher, um sie zu betrachten, sie waren von überall her, in der Mehrzahl aus Frankreich, aber auch aus Orten, die mich überraschten, Bombay zum Beispiel, Nagasaki, Buenos Aires, sogar Bafatá. Das Mädchen hatte mich allein gelassen, und aus Neugier nahm ich ein paar ab. Es handelte sich um Grüße und Glückwünsche oder einfach um Fakten, die mit dem Verschwinden irgendeiner Amphibie zu tun hatten. Eine der Postkarten zog jedoch meine Aufmerksamkeit stärker an: Unter dem Dach einer Hütte hockten drei nackte Eingeborenenfrauen und kochten; hinter ihnen sah eine alte Frau, ebenfalls nackt, böse in die Kamera. Die Postkarte schien sehr alt zu sein und war handkoloriert; in einer Ecke war in sehr kleinen Buchstaben folgendes zu lesen: »Indiohütte in Beni, Bolivien.«

Auf der Rückseite waren in einer Mischung aus Englisch und Französisch ein paar Zeilen geschrieben:

»De Pérou, une photo de mes chers antropophagos. Kisses to Duval, is he still in Port-au-Prince?«

Darunter die Initialen *C. Y.*

Ich suchte das Datum, fand aber keines, steckte die Karte wieder zurück, und in diesem Moment erschreckte mich eine weiche hohe Stimme, fast eine Frauenstimme: »Nun, wohin verschwinden wohl diese verfluchten Frösche?«

Ich hatte angenommen, Emile Boukaka sei Mulatte, das hatte mir zwar niemand gesagt, aber ich hatte ihn mir anders vorgestellt: als Mischling, groß und grauhaarig, mit Brille, unauffälliger, nicht so untersetzt und tropisch wirkend. Boukaka trug ein grünes Hemd mit Hibiskusblüten darauf und war tiefschwarz, worauf er stolz zu sein schien, seine Arme leuchteten wie die eines Afrikaners; Haar und Bart waren rötlich, sein Gesicht war großflächig und platt, ein Gesicht wie eine mexikanische (oder bolivianische?) Tortilla, von nackten Eingeborenen zubereitet. Dort, mitten in dem kreisrunden

Gesicht, wirkten die Nase, die hervorstehenden Augen, der breite und etwas schiefe Mund, als würden sie tanzen.

»Wir werden ohne sie auskommen müssen«, fügte er hinzu. »Ich weiß, daß Sie die *Grenouille du sang* suchen.«

Ich lächelte, und Boukaka bedeutete mir, ihm zu folgen. Er führte mich durch einen Flur, dessen Wände mit Nachtaufnahmen vollgehängt waren; ich erkannte einige Arten, in der Mehrzahl Amphibien vom Amazonas. Dann betraten wir ein gelbgestrichenes Zimmer mit anderen Fotos, ich blieb vor einem eindrucksvollen vergrößerten roten Bild stehen: Es war der *Eleutherodactylus sanguineus*.

»Sie verschwinden, oder sie verstecken sich«, beharrte er. »Oder sie sterben einfach. Nichts ist bewiesen, niemand will reden.«

»Ich schon«, sagte ich. »Deshalb wollte ich Sie treffen.«

Er zeigte mir eine Kopie des Gutachtens, an dem er viele Jahre gearbeitet hatte. Er holte Fotografien neueren Datums hervor, öffnete einen Schrank und zeigte mir fünfzehn oder zwanzig präparierte Frösche. Die *Grenouille du sang* war nicht darunter, obwohl Boukaka bekräftigte, daß er sie mehrmals gesehen habe, als er noch klein war, und später, als Jugendlicher, habe er auch einige gefangen. Sein Vater, der auch Arzt gewesen war und ebenfalls die Froschlurche studiert hatte, hatte ihn zu seinen Expeditionen auf den Berg der verschwundenen Kinder mitgenommen. Aber das war zu einer anderen Zeit, noch bevor sich der Ort in die Hölle verwandelte, zu der er später geworden war.

»Heutzutage kommt niemand mehr auf die Idee, auf diesen Berg zu steigen«, fügte er hinzu.

»Ich habe es getan«, entgegnete ich etwas ironisch. »Zusammen mit meinem Führer. Er heißt Thierry Adrien und hat schon vor dreißig Jahren mit Jasper Wilbur zusammengearbeitet.«

»Dieser Thierry…« flüsterte Boukaka, ohne den Satz zu beenden. »Wilbur habe ich nicht gekannt, aber er war ein guter Freund meines Vaters. Er starb ganz plötzlich, und mein Vater holte dann seine Sachen aus Jérémie ab.«

Ich wollte ihn schon fragen, ob er wußte, unter welchen Umständen Jasper Wilbur gestorben war, aber ich beschloß, ihn nicht mit einem Themenwechsel abzulenken. Deshalb erzählte ich ihm vom Berg Casetaches; wir diskutierten eine ganze Weile über die Möglichkeit, ob ich dort den *Eleutherodactylus sanguineus* finden könnte, kaum eine Handvoll Tiere, ich würde mich mit einem einzigen Frosch begnügen, um Vaughan Pattersons Wunsch zu erfüllen. Boukaka schüttelte den Kopf, und ich versuchte, ihn zu überzeugen. So hatte es zum Beispiel von der Kröte von Wyoming geheißen, daß sie verschwunden sei. Doktor Baxter, der sie entdeckt hatte, war auch der erste gewesen, der Alarm geschlagen hatte, und später, 83, erklärten seine Assistenten, daß man nichts tun könne und daß es keine Ecke mehr gebe, wo das Suchen noch Sinn habe. Ich selbst hatte sie in mein Archiv der ausgestorbenen Spezies aufgenommen. Dort verblieb sie bis zum Sommer 87: Zu dem Zeitpunkt sah sie ein Fischer in einer Lagune südlich von Jérémie. Es war zwar nur eine Kolonie mit nicht einmal hundert Tieren, wenn ich mich recht erinnere, aber es war der *Bufo hemiophyrs*, daran bestand kein Zweifel, das Lieblingstier von Baxter. Man erzählte sich, daß der Mann geweint habe, als er es wiedersah.

»Wissen Sie, was die Bauern von der Insel Gonave sagen?«

Boukaka drehte eine Runde durchs Zimmer und blieb genau hinter mir stehen; ohne ihn direkt anzusehen, war es schwierig, diese Stimme zu verstehen und zu akzeptieren: ein dünner, melodischer Faden.

»Es heißt, daß Agwé Taroyo, der Wassergott, die Frösche gerufen hat, damit sie für einige Zeit auf dem Meeresgrund verschwinden. Es heißt, man habe sie hinuntergehen sehen, Süßwassertiere, die sich kopfüber ins Meer stürzten, und diejenigen, die weder Zeit noch Kraft hatten, rechtzeitig zur Versammlung zu gelangen, graben Löcher in die Erde, um sich zu verstecken, oder sie sterben unterwegs.«

Mit einer Pfeife zwischen den Lippen tauchte Boukaka wieder auf. Die Pfeife war leer, er setzte sich an seinen Schreibtisch und begann, sie zu stopfen.

»Das scheint absurd, nicht wahr? Nun, ein paar Fischer aus Corail, die nahe bei Petite-Cayemite Netze auswarfen, informierten uns, daß sie Hunderte toter Frösche aus dem Wasser gezogen hätten, und später, als sie zum Strand zurückkehrten, zu einem felsigen kleinen Strand auf der Insel, sahen sie, wie die Vögel Tausende weiterer Frösche verschlangen. Das war vor zwei Wochen.«

Das Aroma des Tabaks war sehr kräftig, Zimt vermischt mit irgendeinem anderen Duft, den ich nicht einordnen konnte, vielleicht Anis, vielleicht Minze, ich bildete mir sogar ein, es könne Eukalyptus sein.

»Wissen Sie, wie es in einem Voodoolied heißt, das zur Begrüßung von Damballah Wedó gesungen wird?«

Ich schüttelte den Kopf und dachte, daß Boukakas weiche, hohe Stimme eine Singstimme sei. Sie paßte weder zu seinem Gesicht noch zu seinem Busfahrerbauch, noch zu seinem Bart, einem kümmerlichen Bart, der sicherlich nicht mehr wuchs.

»Damballah ist eine schweigsame Gottheit, der einzige stumme Gott im Pantheon. Das Lied lautet so: ›Gib, Kröte, deine Stimme der Schlange, die Frösche werden dir den Weg zum Mond zeigen; wenn Damballah es will, wird die große Flucht beginnen.‹«

Boukaka senkte den Kopf, er wirkte erschöpft, selbst mir wurde vom Geruch seiner Pfeife langsam schwindelig.

»Die große Flucht hat schon begonnen«, sagte er mit Nachdruck. »Sie denken sich Entschuldigungen aus: der saure Regen, die Herbizide, das Abholzen der Wälder. Aber die Frösche verschwinden an Orten, wo es das alles nicht gibt.«

Ich fragte mich, auf wen er sich mit dem »sie« bezog. »Sie«, die professionellen Herpetologen, oder »sie«, die Biologen, die in Canterbury, in Nashville und in Brasília ihre Kongresse hinter verschlossenen Türen abhielten, um dann ratloser wieder herauszukommen, als sie eingetreten waren. Oder schließlich »sie«, verschreckte und empfindliche Leute, die unfähig waren, den dunklen, unbezähmbaren, sicherlich zeitlosen Aspekt des Verschwindens zu sehen.

»Ich habe keine Entschuldigungen«, sagte ich. »Niemand weiß, was passiert.«

Wir plauderten noch eine Weile über andere Spezies; ich versuchte, die riesige Menge an Fakten, die mir Boukaka verschaffte, unbefangen zu sehen. Seine Fähigkeit zum Erkennen von Details, seine Präzision, ich könnte sagen, sein Wissen, erstaunten mich. Zum Abschied drückte er mir die Hand; ich war fast im Begriff, ihm zu sagen, daß er mich an einen berühmten Musiker erinnere, ich hatte die ganze Zeit darüber nachgedacht, ihm dabei einmal in die Augen gesehen und festgestellt, daß er Thelonious Monk ähnelte. Es hatte nichts damit zu tun, aber ich erinnerte mich an jene selten gehörte Komposition von Thelonious: »*See you later, beautiful frog.*«

»Was ich gelernt habe, habe ich aus Büchern gelernt«, betonte Boukaka an der Tür. »Aber was ich weiß, alles was ich weiß, das habe ich vom Feuer und vom Wasser gelernt, vom Wasser und von der Kerze: Das Wasser löscht die Kerze.«

An dem bewölkten Dienstag Mitte Januar, als wir endlich Richtung Jérémie aufbrachen, hatte ich den von Martha angekündigten Brief noch nicht bekommen, aber ich hatte auch keinerlei Zweifel darüber, was sie mir sagen würde.

Thierry saß am Steuer und erzählte mir eine Liebesgeschichte, er hatte die Hände um das Lenkrad geklammert und den Blick fest auf die Straße geheftet, denn es war lediglich ein schrecklicher Feldweg voller Schlaglöcher. Er redete in sehr sanftem Ton und sah nicht mehr so alt aus. Plötzlich sagte er etwas, was mich beeindruckte: Ein Mensch weiß nie, wann das Leid beginnt, das ihn für immer begleiten wird. Ich blickte ihn an und sah eine Träne über seine Wange rollen.

»Weder das Leid noch die Freude«, bemerkte ich leise. »Ein Mensch weiß gar nichts, Thierry, das ist seine Angst.«

★

Seit August 1989 durchgeführte Studien belegen, daß drei Froscharten des Typs *Eleutherodactylus* aus den tropischen Wäldern Puerto Ricos verschwunden sind.

Der *Eleutherodactylus jasperi*, *Eleutherodactylus karlschmidti* und der *Eleutherodactylus eneidae* werden als ausgestorben angesehen.

Der *Eleutherodactylus locustus* und der *Eleutherodactylus richmondi* sind in höchstem Maße vom Aussterben bedroht.

Julien

DAS GEHEIMNIS meines Herzens offenbarte sich in derselben Nacht, in der ich verkündete, daß ich nach Port-au-Prince ziehen wollte.

Mein Bruder Jean-Pierre war sehr bekümmert, er sagte, wenn es nicht wegen Carmelite wäre, die ein Kind erwartete, käme er mit mir. Mein Bruder Paul war monatelang ziemlich verwirrt, ich hatte angenommen, daß es ihn kaum interessieren würde, daß ich fortzog; er stritt nicht mehr mit Carmelite, sah sie nicht einmal an, bei ihr konnte man langsam den Bauch erkennen; Paul schluckte seine Wut einfach runter. Der Bauch einer anderen Frau ist immer Teil eines anderen.

Julien, der Sohn meines Vaters mit Frou-Frou, gerade dreizehn oder vierzehn Jahre alt, hörte auf, mit dem Besteck »*Macoute perdido*« zu spielen, um sich den *Macoutes* aus Fleisch und Blut anzuschließen und einer von ihnen zu werden. Da er älter aussah, als er war, log er, um der Armee beitreten zu können. Er kam erst nach Mitternacht nach Hause und stand im Morgengrauen auf, er redete nicht viel mit seiner Mutter, sprach ein paar Worte mit seiner Halbschwester Carmelite und fast gar nicht mit seinem Halbbruder Jean-Pierre. Vielleicht war er deshalb wie ein Fremder, Halbbruder von allen, halber Sohn seiner eigenen Mutter, denn es war ja meine Mutter, die ihn großgezogen hatte.

Frou-Frou wollte wissen, wann ich sie verlassen wollte, und ich antwortete, in drei oder vier Tagen. Sie bot mir an, meine Wäsche zu waschen, und ganz nebenbei fragte sie, ob Papa Crapauds Frau auch mitkäme. Jean-Pierre stieß mich mit dem Ellbogen, Carmelite begann zu lachen, und Paul sah mich sehr bestürzt an, auf wer weiß welche Antwort hoffend.

»Ich fange nichts mit den Frauen meiner Freunde an«, sagte ich. »Und mit der schon gar nicht, sie ist eine falsche Schlange.«

Es schien, als wollte mir Frou-Frou nicht ganz glauben. Mein Vater hatte ihr das mit der Krankheit erzählt, von der mich Divoine Joseph geheilt hatte, alle wußten, daß ich mich bei Ganesha angesteckt hatte. Jean-Pierre gab mir noch einen Stoß mit dem Ellbogen und sagte, daß ich in Port-au-Prince das Vögeln schnell satt haben würde, denn dort gäbe es zu viele Frauen. Frou-Frou erinnerte ihn daran, daß wir beim Essen waren und daß Schweinereien auf die Straße gehörten, dann erbot sie sich erneut, mir die Wäsche zu waschen. In dem Moment fiel mir der Rucksack wieder ein, den sie mir an dem Abend gepackt hatte, als mein Vater mir befohlen hatte, die Frau auf dem Casetaches zu suchen. Als ich zurückkehrte, hatte sie mir die Kleider gewaschen, meine blutverschmierten Schuhe geputzt, mein Hemd genäht; sie hatte es zuerst gewaschen und dann genäht, denn es hing noch der bittere Geruch von Angstschweiß darin. Ich betrachtete Frou-Frou, und zum erstenmal sah ich in ihr, was sie immer gewesen ist: eine gute Frau.

In jener Nacht kam Julien früher als gewöhnlich zurück und sagte, daß sie ihn am nächsten Tag nach Gonaïves mitnähmen und daß er ein Bündel mit seinen Sachen packen müßte. Niemand traute sich, ihn zu fragen, wer ihn so weit weg mitnahm, noch was er dort tun sollte. Julien, der Jüngste im Haus, schien der Chef von uns allen zu sein, er erinnerte mich sehr an meinen Vater, wenn der von seinen Jagdtouren zurückkam und uns allen die Lust verging, ihn anzusprechen. Später erkannte ich, daß auch Frou-Frou, obwohl sie seine Mutter war, ihm gegenüber sehr mißtrauisch war, sie wußte nie wirklich, wer er war, und das macht immer angst.

Als es im Haus still geworden war und alle schlafen gegangen waren, brachte ich meine schmutzige Wäsche in Frou-Frous Zimmer. Sie packte gerade Juliens Wäsche in einen Rucksack, und ich blieb stehen und sah ihr beim Zusammenlegen einiger Kleidungsstücke zu. Sie erledigte die Arbeit nicht liebevoll, das war an ihren Bewegungen zu erkennen; sie war sehr müde oder vielleicht sehr traurig, hob plötzlich den Kopf und rief Julien zu, wohin er seine Taschentücher gelegt habe. Julien teilte mit Paul einen Raum nebenan, abgetrennt durch Wände, die mein Vater aufgestellt hatte, als Frou-Frou zu uns ins Haus zog.

Julien war wohl eingeschlafen, denn er antwortete nicht. Frou-Frou zuckte die Achseln, schloß dann den Rucksack und stellte ihn auf den Boden. Ich stand hinter ihr, all meine Wäsche im Arm, und als sie sich vorbeugte, erinnerte ich mich an etwas anderes, ich erinnerte mich an die vielen Male, die ich sie bei den von Yoyotte Placide organisierten Festessen hatte tanzen sehen. Beim letztenmal war ihre Bluse aufgeplatzt, das war, als die anderen Frauen angelaufen kamen, um sie zu bedecken, und Frou-Frou hatte sich auf den Boden geworfen, und ihr Bauch begann zu hüpfen, als wäre ein kleines Tier darin. Jean-Pierre und ich, damals neun Jahre alt, verbrachten noch lange Zeit damit, über Frou-Frous Brüste zu reden, darüber, wie sie herausgehüpft waren. Danach hatte ich nicht mehr daran gedacht, bis es mir in dieser Nacht plötzlich wieder einfiel. Sie nahm mir die schmutzige Wäsche aus dem Arm, warf sie aufs Bett und begann, sie nach Farben zu sortieren, trennte die leuchtendbunten Hemden von den weißen. Wieder kehrte sie mir den Rücken zu, vielleicht dachte sie, ich sei gegangen; ich näherte mich geräuschlos, und da muß sie bemerkt haben, daß ich noch da war, denn ich drängte mich an sie, und sie bewegte sich nicht, ich umarmte sie so fest, als wollte ich sie in der Mitte durchbrechen, und küßte ihren Hals. Frou-Frou bat mich, sie loszulassen, sie sagte das leise, damit uns Julien und Paul nicht hörten, so leise, damit ich sie nicht wirklich in Ruhe ließ. Ich spürte, wie sie nachgab, drehte sie zu mir und küßte sie auf den Mund, warf sie dann aufs Bett und flüsterte ihr ins Ohr, daß ich mich an ihre Brüste erinnerte. Sie richtete sich auf und öffnete ihre Bluse, kletterte auf mich, nahm ihre Brüste in beide Hände und zeigte sie mir. Es waren dieselben Brüste wie damals beim Festessen, dieselben, die beim Tanzen herausgesprungen waren und die ihre Cousinen bedecken wollten, die Brüste, die die Wut meiner Mutter und das so betrübte Gesicht Yoyotte Placides heraufbeschworen hatten.

Das war das große Geheimnis meines Herzens. Ich wußte es in dem Moment, als Frou-Frou ihre Hände sinken ließ, und ich stöhnte so laut auf, daß sie mir befahl, mich zu mäßigen, in diesem Haus hörte man immer alles: das Stöhnen meines Vaters, wenn er Frou-Frou liebte, zuletzt hatte man auch das Stöhnen Jean-Pierres gehört, wenn er Carmelite liebte – auch Paul hörte es, ihn peinigte dieses Stöhnen mehr als alle anderen.

Von den Frauen vernahm man nie etwas. Nicht einmal in jener Nacht, obwohl Frou-Frou so lange keinen Mann gehabt hatte. Sie preßte die Lippen zusammen und öffnete sie nur, um mich zu küssen oder sich von mir küssen zu lassen.

Wir waren erst sehr spät fertig, und sie bat mich nicht mehr, sie in Ruhe zu lassen. Sie schlief eine Weile, und ich blieb neben ihr liegen, dachte daran, wie merkwürdig doch die Welt war, stellte mir vor, was wohl mein Vater sagen würde, wenn er uns sehen könnte, wie ich mich in seinem Bett mit der Mutter seines letzten Sohnes vergnügte.

Als es hell zu werden begann, weckte ich Frou-Frou. Sie murrte und streckte mir ihre Arme entgegen; es gibt für einen Mann nichts Besseres auf der Welt, als eine schlafende Frau zu vögeln. Oder eine halb schlafende. Ich weiß nicht, wovon sie träumte, aber diesmal war sie es, die so laut stöhnte, daß ich ihr den Mund zuhielt. Ich hielt ihn zu und zog dann meine Hand zurück, einmal biß sie mir in die Hand, sie biß mich im Halbschlaf und stöhnte noch lauter, ich glaube, sie schrie sogar. Ich dachte daran zu beten, daß uns niemand hörte, aber man betet nicht, wenn man nackt ist, und noch weniger, wenn man sich im Bauch einer Frau befindet.

Später lagen wir still nebeneinander, ich konnte nicht mehr schlafen und wollte gerade aufstehen, als Julien hereinkam. Er suchte seinen Rucksack, blieb vor dem Bett stehen und leuchtete mir mit seiner Lampe ins Gesicht, hielt sie zwischen uns hoch, und wir sahen uns an. Er war genau wie mein Vater, er roch ähnlich, hatte den gleichen Mund, diesen Mund, den er kaum zum Reden öffnete. Er sagte nichts, senkte die Lampe und nahm sein Bündel; Frou-Frou war wieder eingeschlafen, und nie hat sie erfahren, daß dieser Sohn uns nackt und einander umarmend gesehen hatte, auf meiner schmutzigen Wäsche liegend, bunte und weiße Hemden wieder durcheinander.

Vor Jean-Pierre, Carmelite und meinem Bruder Paul verheimlichten wir es weiterhin. Eines Abends beim Essen sagte ich, daß ich noch ein paar Wochen bleiben würde, um auf einen Freund zu warten, der auch nach Port-au-Prince ziehen wollte. Jede Nacht, wenn es im Haus endlich dunkel war, lief ich zu Frou-Frous Bett, und wenn ich zu spät kam, beschwerte sie sich, oder sie stellte sich schlafend, denn sie wußte, daß ich sie gern weckte.

Gerade damals kam unser Bruder Etienne aus Jérémie zu uns; er war auf dem Weg nach La Cahouane, auf der Suche nach Holz für die Tischlerei seines Schwiegervaters. Er aß mit uns, machte Witze über Carmelites Bauch und wollte Paul dazu überreden, mit ihm zu kommen, er wünschte sich, daß er mit ihm nach La Cahouane und dann nach Coteaux ging. Er bot ihm Arbeit in der Tischlerei an, und Paul sagte zu.

Mich fragte er, was ich denn in Port-au-Prince arbeiten wolle, und ich antwortete ihm, was immer sich ergebe; da legte er mir einen Arm um die Schulter und sagte, als wüßte er alles, ich solle Frou-Frou nicht mitnehmen, bevor ich nicht eine gute Arbeit gefunden hätte. Ich sagte ihm, daß Frou-Frou nicht mitkäme, ich sagte das und blickte woandershin, Etienne schwieg und rührte das Thema nicht mehr an. Ich aber dachte lange über diese Idee nach, erwähnte jedoch nicht einmal Frou-Frou gegenüber etwas, denn mit ihr sprach ich selten über meine Angelegenheiten, und wenn ich es tat, mußte es leise geschehen, oder wenn wir allein waren, was fast nie der Fall war, denn Carmelite war meistens dabei, beklagte sich über das Gewicht ihres Bauches, beklagte sich über Jean-Pierre, ihren Mann, und über uns alle. Als Paul ging, klagte sie noch mehr, denn nun hatte sie niemanden mehr, den sie provozieren konnte.

Frou-Frou und mir war es recht, daß der Jüngste meiner Mutter mit Etienne gehen würde, denn ohne Julien und Paul auf der anderen Seite der Trennwand konnten wir im Bett reden und stöhnen, ohne Angst haben zu müssen, daß sie uns hörten. Ich gewöhnte mir an, bis zum Morgen in ihrem Bett zu bleiben, und eines Tages kam Carmelite herein und sah uns beide, ich schlief in den Armen ihrer Mutter. Sie weckte sie, um sie um irgendein Mittel zu bitten, ich weiß nicht, um welches. Frou-Frou schob meinen Arm beiseite, stand auf und half ihr, aber danach kam sie ins Bett zurück und zog meinen Arm an genau dieselbe Stelle wie vorher, was heißen sollte, daß es ihr egal war, ob ihre Tochter uns sehen konnte. Es sollte auch noch etwas anderes heißen: die Tatsache, daß ich neben ihr aufwachte und alle Welt es wußte, verpflichtete mich, sie endgültig zur Frau zu nehmen. Ich erschrak und blieb steif im Bett liegen, Frou-Frou verhielt sich sehr unterwürfig, denn sie wußte, was ich dachte, sie preßte sich an mich, und wir standen spät auf.

Als Julien zurückkam, mußte er zur Kenntnis nehmen, daß sein Halbbruder Paul nach Coteaux gegangen war, sein Halbbruder Thierry aber noch immer zu Hause war und offen mit seiner Mutter zusammenlebte.

»Du bist nicht nach Port-au-Prince gegangen«, sagte er zu mir.

Sie hatten ihm ein paar Tage frei gegeben, und er verbrachte diese Zeit in seiner Höhle, wo er viel rauchte und viele gute Flaschen leerte. Aber die gemeinsamen Mahlzeiten mied er. Eines Nachmittags kamen zwei Männer, um ihn abzuholen. Sie gingen zum Reden ins Freie, Julien war undurchschaubar geworden, mir fiel auf, daß er gewachsen war.

Drei oder vier Tage später erfuhren wir von dem Gemetzel. In Gonaïves waren zweiunddreißig Leichen in einem schlecht zugeschütteten Grab entdeckt worden. Man hatte die Hunde gesehen, die sich Leichenteile holten, und war ihnen gefolgt, bis man auf den Wirrwarr aus Armen und Köpfen stieß. Sieben von den zweiunddreißig Toten waren Frauen, und zwei waren schwanger gewesen.

»Julien hat was damit zu tun«, sagte Frou-Frou.

Aber sie wagte es nie, ihn danach zu fragen. Später sagten sie zu Jean-Pierre bei seiner Arbeitsstelle, daß die *Macoutes*, die in Gonaïves so viele Menschen umgebracht hatten, aus Jérémie gekommen waren und sich dann einige Zeit in Port-de-Paix aufgehalten hatten, wo sie andere Personen suchten, die sie auch umbringen sollten, die sie aber nicht finden konnten.

Da mir langsam das Geld ausging, das ich bei Papa Crapaud verdient hatte, besorgte mir Jean-Pierre in dem Laden, in dem er schon viele Jahre arbeitete, eine Stelle. Es war eine Stelle als Fahrer, ich fuhr früh los und holte die Waren aus den Küstendörfern. Man hatte mir einen Kleinlaster zur Verfügung gestellt, den ich über Nacht, wenn ich die Bündel abgeladen hatte, mit nach Hause nehmen konnte, um am nächsten Tag direkt loszufahren. Der Besitzer des Ladens wußte, daß ich zu Jean-Pierres Familie gehörte, und deshalb vertraute er mir.

Eines Morgens fuhr ich in Richtung Cayes, dort sollte ich auf eine Seefracht aus Jacmel warten. Das Schiff hatte einige Stunden Verspätung, und als ich nach Jérémie zurückkehrte, war es fast Mitternacht. Jean-Pierre erwartete mich im Geschäft, um mir beim Abladen zu helfen, und dann fuhren wir zusammen nach Hause. Wir wurden nahe beim Haus angehalten, zwei Männer in Uniform machten uns Zeichen, daß wir aussteigen sollten. Wir taten es fast gleichzeitig, Jean-Pierre stieg auf der einen Seite aus und ich auf der anderen. Ich wollte meine Papiere herausholen, als ich spürte, wie ich von hinten gepackt wurde; Jean-Pierre packten sie auch, aber ihn steckten sie wieder in den Lastwagen und verboten ihm, auszusteigen. Mich schleppten sie beiseite, stellten mich an einen Baum auf freiem Feld und schlugen mich, traten mich mit den Füßen auf den Kopf und in die Eier. Wissen Sie, wie es ist, wenn man einem Mann dort hintritt? Dort sitzt seine Würde, zumindest behauptete das Papa Crapaud.

Als sie genug hatten, ließen sie mich auf einem Steinhaufen liegen, zündeten sich eine Zigarette an und fuhren in einem Jeep davon. Dann kam mir Jean-Pierre zu Hilfe, sammelte das Häufchen Elend ein, das von seinem Bruder übriggeblieben war, packte es wie ein Bündel in den Lastwagen, wie es damals der Mann mit seiner Frau getan hatte, die ich vom Casetaches heruntergeholt hatte, und als wir beim Haus ankamen, rief er Frou-Frou zu Hilfe.

Ich war viel zu benommen, um zu reden, und so erzählte Jean-Pierre, was geschehen war. Ich spürte kaum, wie man mich auszog und mich mit Alkohol abrieb, wie man mir kalte und warme Umschläge machte und mir einen zähflüssigen Sud verabreichte, der nach Tabak schmeckte. Jemand, es wird wohl Carmelite gewesen sein, erbarmte sich und legte mir Eisbeutel zwischen die Beine.

Als ich am nächsten Morgen erwachte, ging es mir noch schlechter. Die Schmerzen machten mich verrückt, es schmerzte und pochte an allen möglichen Stellen gleichzeitig, in meinem Kopf drehte sich alles, aber ich stand erst recht zur selben Zeit wie immer auf. Die Füße hinter mir herziehend, gelangte ich zum Tisch und ließ mich auf einen Stuhl fallen. Jean-Pierre und Carmelite setzten sich nicht, sie blieben vor mir stehen und begutachteten mein Gesicht, das wohl das Gesicht eines Schreckgespenstes war. Frou-Frou hingegen setzte sich, aber als sie einmal den Kopf hob, bemerkte ich, daß sie nicht mich ansah, sie blickte starr an die Wand, sie sah auf diese Stelle, als würde sie dort ihr ganzes Leben erkennen, ihre Augen waren stark geschwollen, als hätte sie geweint, geschwollen, aber trocken, jetzt weinte sie nicht mehr.

In diesem Moment kam Julien heim. Er hatte nicht zu Hause geschlafen, das hatte mir zwar niemand erzählt, aber es war an seiner Kleidung zu erkennen, er trug keine Uniform, und sein Hemd war schmutzig und zerknautscht. Er ging direkt in seine Höhle, kam mit nacktem Oberkörper zurück und setzte sich an den Tisch. Frou-Frou stand auf, holte Kaffee und stellte die Tasse vor ihn hin, blieb aber neben ihrem Sohn stehen. Als Julien die Tasse an die Lippen führen wollte, schlug ihm Frou-Frou mitten ins Gesicht, und die Tasse fiel zu Boden. Er sah sie überrascht an, vielleicht erschrocken, zum erstenmal in seinem ganzen Leben sah ich einen kindlichen Ausdruck in seinen Augen, aber es fiel ihm nicht ein, sich zu schützen, er konnte nicht fassen, daß seine Mutter ihn weiterschlug, und deshalb beförderte ihn der zweite Schlag vom Stuhl, und der dritte warf ihn zu Boden. Dort stürzte sich Frou-Frou auf ihn, zerkratzte und zerschlug ihm das Gesicht, sie schlug ihn so heftig, daß sich ihre Fäuste mit Blut färbten, mit dem Blut Juliens. Ich hatte nicht die Kraft, mich zu bewegen, und ich glaube, auch Jean-Pierre und Carmelite hatten nicht die

Kraft; sie sahen mit dem gleichen Entsetzen, mit dem sie einen Augenblick zuvor mein Schreckgespenstgesicht betrachtet hatten, zu, wie Frou-Frou völlig außer sich geriet.

Dann stand sie auf und ging in die Küche, Julien lag auf dem Rücken, klagte aber nicht, nur aus seiner Kehle stiegen Geräusche empor; sie hörten auf, als Carmelite zu schreien anfing, oder vielleicht übertönten Carmelites Schreie auch nur die Laute aus Juliens Kehle. Mein Kopf brannte, und ich konnte nicht mehr auf dem Stuhl sitzen, aber ich sah die Hand Frou-Frous, sie hatte ein Messer in dieser Hand und hielt es hoch, warf sich wieder auf ihren Sohn, und wenn Jean-Pierre nicht gewesen wäre, der sie im letzten Moment wegriß, hätte sie Julien getötet.

Das Messer fiel zu Boden, und Carmelite war so kaltblütig, es aufzuheben und neben meine Tasse auf den Tisch zu legen. Ein paar Nachbarn waren herbeigelaufen, als sie die Schreie hörten, und eine Frau aus dem Nebenhaus nahm Frou-Frou mit zu sich. Carmelite ging mit ihnen, und wir drei Männer blieben zurück, zwei blutsverwandte Brüder, Jean-Pierre und ich, und ein Halbbruder, dessen halbes Blut den Boden befleckte.

Jean-Pierre half ihm beim Aufstehen, und Julien ging in seinen Bau zurück, blieb dort eine Weile und kam mit demselben Bündel wieder heraus, das ihm Frou-Frou für seine Reise nach Gonaïves geschnürt hatte. Er trug noch immer kein Hemd, aber er hatte die Militärstiefel angezogen, die Schnürsenkel waren noch offen, wahrscheinlich schleppte er deshalb die Füße hinterher. Als er vorbeiging, sah er uns nicht an und sagte auch nichts, er ließ die Tür offen und ging in die Welt hinaus.

Frou-Frou kam erst sehr spät zurück, Carmelite stützte sie und brachte sie direkt in ihr Zimmer. In dieser Nacht fühlte ich mich stärker als je zuvor verpflichtet, bei ihr zu schlafen, ich näherte mich schweigend und nahm ihre Hand, aber wir konnten beide nicht schlafen. Sie weinte bis zum frühen Morgen, und ich hatte Schmerzen im Schritt, mein Mund brannte, denn bei der Schlägerei hatte ich zwei oder drei Zähne verloren. Mich schmerzte die Erinnerung an meinen Vater.

Julien wurde erst einen oder anderthalb Monate später, als Frou-Frou gerade Fischsuppe auftrug, wieder erwähnt.

»Heute wird dein Bruder fünfzehn«, sagte sie zu Carmelite.

Ich erinnere mich noch immer an diese Suppe, sie enthielt dicke weiße Fleischstücke, und die Fischköpfe schwammen auf dem Boden. Die Fischköpfe in der Suppe scheinen immer zu lachen.

Pereskia quisqueyana

AM ORTSEINGANG von Jérémie wurde eine Leiche gefunden, an einem Mangobaum hängend, ohne Gesicht.

Es war am Tag unserer Ankunft, bei Einbruch der Dunkelheit: die Leute drängten sich auf der Straße, und Thierry nahm an, daß sie sich um einen Toten drängten, vielleicht um mehr als einen, denn inzwischen starb kaum noch jemand allein, nicht auf Haiti, nicht auf diesem trostlosen Fleckchen Erde.

Wir stiegen aus dem Auto, und was ich zunächst für den Hinterkopf gehalten hatte, war das Gesicht gewesen; sie hatten ihm die Nase abgeschnitten und von der Stirn bis zum Kinn die Haut abgezogen. Der Unglückselige trug noch sein Hemd – von der Hüfte an abwärts war er nackt –, und die Mücken schwirrten um seinen Hals herum.

Ich hörte Thierry sagen, daß sie die Leichen seit einiger Zeit derart entstellten, damit man nicht erkannte, wer es im Leben gewesen war, oder wenn man es erfuhr, dann erst viel später. Er erinnerte sich, auf etwas Ähnliches gestoßen zu sein, als er noch klein war und eines Morgens mit seinem Bruder Paul Holz gesammelt hatte. Oder vielmehr: Paul kam angelaufen und erzählte ihm, er habe einen Baum gefunden, der anstelle von Früchten alte Schuhe trug. Die beiden gingen hin, um das Wunder zu betrachten; es stimmte, der Baum trug Schuhe, die schwarzen Spitzen lugten zwischen knorrigen Ästen hervor, aber außerdem gab es auch Beine und entstellte Körper. Er hielt seinem Bruder die Augen zu, damit er den Rest nicht sah: die verstümmelten, unkenntlich gemachten Gesichter, ohne Nase und ohne Haut.

In dem Haus, in dem Thierry wohnte, einem immer wieder reparierten Holzhäuschen, lebten nur noch Carmelite und ihre Tochter Mireille. Carmelite hatte sich vor mehr als zwanzig Jahren von Jean-Pierre getrennt, ihr Schwager Paul hatte lange mit ihr zusammengelebt, sie dann aber auch verlassen. Jetzt lebte Paul allein, obwohl er fast jeden Abend zu Carmelite zum Essen kam, Mireille kochte für ihren Onkel und ihre inzwischen fast blinde Mutter.

Ich fragte nicht, was aus Frou-Frou geworden war. Als ich die Tochter so gealtert sah, nahm ich an, sie sei gestorben. Und so war es auch, Thierry nahm ein Foto vom Tisch und gab es mir: Es war ein halb verblichenes Foto von einer sehr ernsten Frau mit zu vollen Lippen und sehr feinen, zu Bögen gezupften Augenbrauen. Sie hatte eine breite Stirn und hohe Wangenknochen, so hoch, daß sie ihren Blick einengten. Für das Foto hatte sie sich ein Hütchen mit Blumen aufgesetzt und möglicherweise die Lippen bemalt, aber das konnte man nicht mit Sicherheit sagen, es war ein Schwarzweißfoto, und diese Lippen waren mit oder ohne Schminke auffallend.

»Sie ist vor vier Jahren gestorben«, sagte Thierry. »Sie war schon ein bißchen verwirrt; wenn sie mich sah, fragte sie mich, wie es Claudine gehe, wie es den Kindern gehe. Sie verwechselte mich mit meinem Vater.«

Er stellte das Foto an seinen Platz zurück und betrachtete es ein paar Sekunden, dann verschwand er plötzlich im Nebenzimmer und tauchte mit zwei weiteren Fotografien auf.

»Das ist der Sohn von Etienne«, sagte er und hielt mir das eine Bild hin. »Er ist Mönch geworden. Und dies hier ist meine Schwester Yoyotte.« Er streckte mir das zweite Foto entgegen. »Die Frau daneben ist ihre Tochter, sie leben immer noch in Bombardopolis.«

Etiennes Sohn hatte nicht in die Kamera schauen mögen, er war im Profil zu sehen, das Foto war klein, aber man erkannte noch ein Stück von einem weißen Hemd und eine dunkle, sicherlich schwarze Krawatte. Yoyotte war eine kleine Frau, ganz anders, als ich sie mir vorgestellt hatte, sie wirkte alt, war aber ein Jahr jünger als Thierry. Die Tochter hingegen war eine große, dicke junge Frau mit kurzem, borstigem Haar; auf dem Foto lachte sie, hatte einen Arm um ihre zierliche Mutter gelegt und den Kopf etwas nach vorn geneigt, so daß ihre Igelfrisur die grauen Strähnen Yoyottes berührte.

In dieser Nacht schlief ich in dem Zimmer, das einmal das von Frou-Frou gewesen war. Thierry klopfte mit den Knöcheln die Trennwände ab, er sagte, es seien schon zweimal Termiten darin gewesen, und erwähnte, daß auf der anderen Seite Julien und Paul geschlafen hatten, bis sie erwachsen wurden. Jetzt standen auf der anderen Seite ein Tisch mit Stoffresten und Schnitten, eine ziemlich alte Nähmaschine und ein Stuhl. Mireille verdiente sich ihren Unterhalt mit Nähen, und Thierry sagte, sie sei die beste Schneiderin in Jérémie, sie hatte sogar Hochzeitskleider genäht, aber jetzt nicht mehr so häufig. Sie wurde geholt, um Heiligenfiguren einzukleiden, sie hatte allen Heiligen der Kirche in Jérémie ein Gewand genäht. Es würden Jahre vergehen, bis sie sie neu einkleiden müßte.

Paul kam an dem Abend nicht zum Essen, erst am nächsten Morgen, fast bei Tagesanbruch, zum Frühstück, als wir gerade die Bündel fertiggemacht hatten, die wir auf unsere Expedition zum Casetaches mitnehmen würden. Er war noch jung und kräftig, genau betrachtet wirkte er eher wie der Sohn Thierrys, obwohl sie nicht einmal zehn Jahre Altersunterschied trennten. Nach der Begrüßung setzte er sich, um uns beim Arbeiten zuzusehen, Mireille brachte ihm Kaffee, und er sagte etwas Liebevolles zu ihr, ich verstand nicht genau, was es war, bemerkte aber, daß er sie zärtlich ansah, mit dem typischen Blick eines Vaters. Dann wandte er sich wieder uns zu und erzählte Thierry, daß es neue Pfade gebe, auf denen man den Berg leichter besteigen könne. Er machte eine Pause, trank seinen Kaffee in einem Zug und bemerkte noch fast nebenbei, daß auf dem Casetaches schon zwei Ausländer unterwegs seien, um Frösche zu suchen.

Thierry hob den Kopf, blieb eine Weile kniend neben den Rucksäcken sitzen, ließ dann alles liegen und ging zu seinem Bruder. Auch ich ließ die Lampe stehen, die ich gerade kontrolliert hatte, und ging zu Paul. Erst da begriff er, daß er etwas sehr Bedeutsames gesagt hatte.

»Vielleicht suchen sie gar keine Frösche, aber irgendeinen Frosch habe ich sie fangen sehen. Sie fangen auch Vögel und Fledermäuse. Eine Frau und ein Mann und ihr Führer.«

Er machte eine Pause, führte die Tasse an die Lippen und verzog angewidert das Gesicht: Es war nur ein bitterer Bodensatz übrig.

»Vor allem sammeln sie Gestrüpp«, fuhr er fort, »Gestrüpp mit Dornen, je mehr Dornen es hat, desto eher nehmen sie es mit. Die Frau hat einen Fotoapparat und knipst den Strauch, bevor sie ihn ausreißt.«

Zweifellos Botaniker. Thierry fragte seinen Bruder, wo diese Fremden übernachteten.

»Wenn sie nicht auf dem Berg sind, bleiben sie in Marfranc. Dort schläft das Paar, der Führer aber nicht. Ich weiß nicht, wo der Führer schläft. Ich weiß nur, daß er Luc heißt und Haitianer aus Port-au-Prince ist oder von anderswoher, aber nicht aus Jérémie.«

Marfranc war ein kleines Nest fast am Fuße des Casetaches, genaugenommen war es der letzte bevölkerte Flecken, an dem wir vor unserem Aufstieg haltmachen würden. Dort wollten wir unser Auto stehenlassen – den tomatenroten Renault, den wir aus Port-au-Prince mitgebracht hatten. Im Auto blieben ein Teil der Fotoausrüstung und etliche Konservenkisten; eine Familie, Bekannte von Thierry, würde darauf aufpassen. Unser Plan war, uns nach und nach zu versorgen, immer wieder Wasser und Lebensmittel vom Auto zu holen. Ich beschloß, daß die erste Expedition eher eine Erkundungstour werden sollte, wir wollten zunächst bestimmte Zonen aufsuchen und abstecken, um sie danach genauer zu durchkämmen.

Zu Mittag kamen wir in Marfranc an. Das Paar, von dem ich meinte, sie seien Botaniker, war nicht da; sie waren vergangene Nacht auf den Casetaches gestiegen, und man erwartete ihre Rückkehr erst in drei oder vier Tagen. Wir gingen zu der Hütte, die sie gemietet hatten; sie war verschlossen, aber wir entdeckten jede Menge herumstehende Blumentöpfe, hauptsächlich Kakteen und Sukkulenten, außerdem ein paar andere Gattungen, die auf felsigem Boden wuchsen. Die Nachbarn erklärten uns anhand dieser Pflanzen, daß auch das Innere der Hütte damit angefüllt war.

Der Aufstieg auf den Berg war dank der Pfade, die uns Thierrys Bruder empfohlen hatte, leichter, als zu erwarten gewesen war. Wir arbeiteten an diesem Nachmittag und auch während des ganzen nächsten Tages, wobei wir das Gelände markierten, Grotten und Bäche, Pfützen und kleine Senken im Herzen des Berges fotografierten, über und über mit Bromelien bewachsene Mulden, die der ideale Lebensraum für Frösche sind. Am dritten Tag stellen wir Fahnen um eine Grube herum auf, die uns ein alter Einwohner aus Marfranc bezeichnet hatte; denn dort, so erinnerte er sich, hatte er vor langer Zeit die *Grenouille du sang* gesehen. Da hörten wir Geräusche und gleich darauf Stimmengemurmel. Wir gingen etwas weiter nach links und erblickten zuerst die Frau, praktisch über uns, dann den Mann, und schließlich tauchte der Haitianer auf, der sie begleitete, ein stämmiger Schwarzer, der uns feindselig betrachtete. Wir grüßten und stellten uns vor. Einer der Botaniker, der Mann, war Franzose und hieß Edouard; die Frau war aus Iowa und hieß Sarah. Beide arbeiteten für den Botanischen Garten in New York und bestätigten, daß sie Kakteen sammelten. Der Franzose konzentrierte sich auf die Bestäubung, und so war es zu erklären, daß man sie beim Fangen von Insekten, Fledermäusen und Vögeln gesehen hatte – aber nicht von Fröschen, es mußte sich um ein anderes Tier gehandelt haben, das Thierrys Bruder mit einem Frosch verwechselt hatte.

Wir vereinbarten, uns am nächsten Tag in ihrer Hütte in Marfranc zu treffen. Ich erklärte ihnen, daß ich auf der Spur einer Amphibie sei, ohne aber die Spezies zu erwähnen; sie berichteten, daß sie wenige Amphibien gesehen hätten, nur ein paar Kröten nahe beim Hohlweg am nördlichen Abhang. Die Frau entschuldigte sich dafür, keine Zeit mehr zu haben, und ging, um wieder im Boden herumzustochern. Thierry folgte ihr, und ich sah, wie die beiden ein paar Worte miteinander wechselten.

In der Nacht, kurz vorm Schlafengehen, hörten wir Radio. Es wurde von der entstellten Leiche berichtet, die wir am Ortseingang von Jérémie gesehen hatten. Man vermutete, daß es sich um die Leiche eines Lehrers handelte, der fünf oder sechs Tage lang verschwunden gewesen war. Nicht nur das Gesicht war verstümmelt, sondern auch eine Hand: Es fehlte der Leiche ein Finger, der Zeigefinger der linken Hand. Thierry versicherte, daß das Fehlen des Fingers eine Art Botschaft sei, auch wenn das im Radio nicht gesagt wurde.

147

»Die Leute in Jérémie wissen schon, wer ihn getötet hat, und auch, warum er getötet wurde.«

Mir fiel ein, daß auf der Farm meines Vaters ein Mann arbeitete, dem zwei Finger fehlten, es war ein Vietnamese, genannt Vu Dinh, aber mein Vater nannte ihn Dino. Er versorgte die Küken, etwas anderes hatte er nie im Leben gemacht, schon seit mehr als zehn Jahren arbeitete er mit den Straußen. Bei der Geburt waren die Vögel sehr empfindlich und starben an jeder Kleinigkeit, manchmal schlüpften sie aus dem Ei und verweigerten drei oder vier Tage lang die Nahrungsaufnahme, manche lernten nie fressen; andere verschluckten sich, gingen ein, weil sie zuviel Sand aufgepickt hatten. Wieder andere verendeten an Lungenentzündung. Mein Vater behauptete immer, daß auf seiner Farm weniger Küken starben als in jedem anderen Zuchtbetrieb des Landes, ich wußte nie, ob das stimmte. Das war ausschließlich der Erfolg des Vietnamesen, mein Vater lobte ihn oft und klopfte ihm anerkennend auf die Schultern.

»Erinnern Sie sich daran, was ich Ihnen über meinen Bruder Julien erzählt habe?« Während Thierry sprach, kaute er an einem Stückchen Kautabak. »Der hinterließ auch seine kleinen Botschaften, seine eigene Markierung auf den Toten.«

Vu Dinh oder Dino führte eine eigenartige Beziehung – ich hielt es immer für eine Liebesbeziehung – mit der Frau, die sich um die Brutschränke kümmerte. Sie war eine dralle Blondine, die mit zusammengepreßten Pobacken ging, als könnte sie nur auf diese Weise kontrollieren, in welche Richtung sie ging. Eines Nachmittags übergab sie Vu Dinh in meiner Gegenwart einen ganzen Karton voller frisch geschlüpfter Küken und erwähnte ganz nebenbei, daß eines der Küken hinkte, und nannte die Nummer, die sie ihm gegeben hatte. Denn kaum waren sie geschlüpft, hängte sie jedem Küken ein kleines Nummernschild ans Bein. Er wiederholte die Nummer leise, während er das Tierchen suchte, und schließlich hob er es heraus: Er prüfte die Füße, pustete in seinen Schnabel und strich mit den drei Fingern der invaliden Hand über den gelben Flaum. Dann drehte er ihm ohne Zögern den Hals um.

»Die Frau von heute morgen«, flüsterte Thierry, »sucht auch nach Markierungen, aber auf der Erde. Sie sucht einen Busch, der sich bei Regen auf zwei Beinen aufrichtet. Bei Trockenheit versteckt er sich, als wäre er ein Tier, er knickt die Beine ein und verschwindet.«

Meine Mutter behauptete, die dralle Blondine sei die Geliebte meines Vaters. Sie erzählte mir das oft, bis ich ihr eines Tages meinen Verdacht anvertraute, daß sie in Wirklichkeit die Geliebte von Vu Dinh sei. Ich weiß noch, wie sie zu lachen anfing: »Von Dino? Weißt du etwa nicht, daß der kleine Chinese keine Frauen mag? Hat dir das dein Vater nicht erzählt?« Dann fügte sie hinzu: »Du bist bestimmt der einzige, der das nicht weiß, der Ehemann erfährt es immer zuletzt.« Es fiel mir schwer, den Schlag wegzustecken, ich saß neben ihr, und ich erinnere mich, daß ich etwas verblüfft aufstand und ohne Abschied wegging. In der Nacht rief mich meine Mutter zu Hause an, um zu fragen, ob ich mich besser fühlte, aber sie entschuldigte sich nicht und erwähnte auch die

Blondine nicht mehr. Sie erwähnte auch Papa nicht (was sie sonst immer tat), und noch weniger bezog sie sich auf Vu Dinh oder Dino oder den kleinen Chinesen, wie sie ihn nannte. Bevor sie auflegte, fragte sie, ob Martha zu Hause sei. Ich antwortete, sie sei ins Kino gegangen. »Mit ihrer Freundin Barbara?« Ich antwortete nicht, ließ den Hörer einfach fallen und neben dem Tisch hängen, und da hing er während der ganzen Nacht.

»Der Strauch, den diese Frau sucht«, fuhr Thierry mit gedämpfter Stimme fort – ich fragte mich, ob er nicht im Traum sprach –, »gedeiht nur auf einem Hügel in Bánica hinter der Grenze.«

Am nächsten Tag stiegen wir nach Marfranc hinunter; wir gingen direkt zu unserem Renault, holten den Rest unseres Gepäcks, und Thierry schnürte neue Bündel. Kurz darauf bat er mich um Erlaubnis, nach Jérémie fahren und dort den Nachmittag mit seinen Brüdern verbringen zu dürfen. Ich legte ihm nahe, noch einmal nach der *Grenouille du sang* zu fragen, irgend jemand mußte sie doch gesehen oder gehört haben.

Die Leute aus dem Haus, die unseren Renault bewachten, holten mir Wasser in Kübeln, damit ich mich waschen konnte. Ich rasierte mich auch, und der Mann, der in Marfranc als Friseur fungierte, eine Vogelscheuche mit Namen Phoebus, wurde gerufen, um mir die Haare zu schneiden. Er tat es auf sträfliche Weise, hinterließ mehrere kleine Hahnenkämme auf meinem Schädel; am liebsten hätte ich ihn gebeten, mir den Kopf kahl zu rasieren, aber ich hielt mich zurück beim Gedanken daran, daß diese Hahnenkämme immer noch allen Kratzern und Schnitten vorzuziehen wären, die er mir zweifellos mit seinem Messer zufügen würde.

Am Nachmittag besuchte ich die beiden Botaniker. Der Franzose, Edouard, empfing mich allein, aber kurz darauf kam auch Sarah, hielt mir ihre rauhe Hand hin und forderte mich auf, es mir gemütlich zu machen. Ich mußte über Kisten und Blumentöpfe klettern, um eine Stelle zum Sitzen zu finden, auf dem Boden natürlich, denn alle Stühle waren mit Fläschchen voller präparierter Pflanzen, in der Mehrzahl Kakteen, überhäuft.

Zunächst berichtete ich ihnen von Thierrys Kommentar: Die Pflanze, die sie suchten und die mein Führer als eine Art Kaktus mit Fernbedienung beschrieben hatte, eine Pflanze, die nur an Regentagen an die Oberfläche kam und sich bei Trockenheit wieder vergrub, gebe es nur in der Nähe der Grenze zur Dominikanischen Republik. Thierry war ein Mann aus der Region, er hatte Erfahrung mit dieser Art von Arbeit, und seine Ratschläge sollte man berücksichtigen.

»Das Problem ist, daß es nicht genau das ist, was ich suche«, antwortete Sarah. »Es ist kompliziert, ich wollte mit diesem Führer nicht darüber reden. Wie heißt er, sagst du?«

Sie boten mir Kaffee an, aus einer Thermoskanne, die sie unter einem Stapel Papieren hervorgeholt hatten. Er war sehr bitter, Edouard zog aus seiner Hosentasche ein paar Zuckertütchen hervor und bot mir eines an, aber ich lehnte ab und trank den Kaffee so, wie er war.

»Ich suche die *Pereskia quisqueyana*«, fügte Sarah hinzu. »Es handelt sich um einen Kaktus, von dem kaum mehr als drei oder vier Exemplare auf der ganzen Welt existieren, alles männliche. Wir brauchen ein weibliches.«

Sie senkte die Augen, heftete den Blick auf die Fläschchen, die sich auf dem Boden häuften, und ich nutzte die Gelegenheit, um zu fragen, ob sie schon lange auf dem Casetaches seien, aber Sarah hörte mich nicht, oder sie fand die Frage nicht so wichtig.

»Sie ist hier gesehen worden«, sagte sie plötzlich. Sie hatte kurze, gelbe Fingernägel und erdverschmutzte Handflächen, ich kannte die Flecken nur zu gut, ich wußte, daß man sie nicht leicht wegkriegte. »Ein Mann aus Germont, das ist ein Dörfchen hier in der Nähe, beschrieb etwas, was das weibliche Exemplar sein könnte. Kein Botaniker hat es je gesehen, wir wissen weder, wie die Blüte, noch wie die Frucht aussieht.«

Sie wäre eine Schönheit gewesen, hätte sie nicht so tiefliegende Augen gehabt. Ich schätzte sie auf dreißig oder fünfunddreißig Jahre, vielleicht war sie aber auch erst siebenundzwanzig oder achtundzwanzig, die Gesichtshaut war wettergegerbt, wir Herpetologen kennen das, wir verbrennen uns Nase, Stirn und Wangen. Sarah hatte sich die Frische ihres Mundes und ihren schlanken, langen Hals bewahrt, daran sah man, daß sie noch jung war.

»Und du, was suchst du?« Sie schlug einen freundschaftlichen Ton an. »Niemand nimmt das Risiko auf sich, nach Haiti zu kommen, wenn er nicht etwas Wichtiges sucht.«

»*Eleutherodactylus sanguineus*«, sagte ich. »Das ist ein purpurroter Frosch, vom dem es wohl nur noch sehr wenige gibt, wenn es ihn überhaupt noch gibt, vielleicht sind alle Exemplare Männchen, so wie deine *Pereskia*.«

Sie war nicht sehr groß, trug das Haar hochgesteckt, braunes, ganz normales Haar. Ich dachte erneut, wie schade es war, daß ihre Augen so tief lagen, besonders wegen der Schatten um die Lider, dunkle Ringe, die sie inzwischen wohl immer hatte und die nicht einmal mehr den Reiz von Müdigkeit oder einer schlecht verbrachten Nacht vermittelten. Zum Glück hatte sie eine perfekte Nase.

»Ich suche sie schon seit sechs Jahren.« Sarahs Stimme klang, als sei sie an dem Punkt angekommen, von dem es kein Zurück mehr gab, mir schien sie fast verzweifelt. »Ich habe die Dominikanische Republik durchsucht, die Grenze, ich war auf der Insel Gonave, Stück für Stück habe ich die Insel durchforstet. Ich war auf der Grande-Cayemite und auf der Petite-Cayemite. Und irgend etwas sagt mir, daß sie hier ist.«

Sie sah den Franzosen an, der die ganze Zeit über geschwiegen und seinen Kaffee geschlürft hatte. Ich weiß nicht, warum sie ihn ansah, als sie abschließend wiederholte: »Etwas sagt mir, daß sie hier ist. Und von hier gehe ich nicht ohne sie weg.«

★

Um 1930 entdeckten Forscher und Bergsteiger eine kleine Amphibie mit merkwürdigen nächtlichen Gewohnheiten; sie kam in 4200 Meter Höhe in der Sierra Nevada de Santa Marta im Nordwesten Kolumbiens in großer

Zahl vor. Es war das einzige Tier der Welt, das in der Nacht »erfror« und beim morgendlichen Tauwetter »auferstand«.

Auf dem Rücken unter der Wasseroberfläche schwimmend, ihr winziges Maul über den Wasserspiegel haltend, blieb die *Rana carreki* unbeweglich unter dem Eis, wobei sich ihre Vitalfunktionen verringerten oder zum Stillstand kamen, ohne daß ihre inneren Organe Schaden nahmen.

In den achtziger Jahren wurde eine zahlenmäßig beachtliche Abnahme der in den Tümpeln der Sierra beobachteten Frösche bekanntgegeben. 1992 kehrte ein Bergsteiger, der den Auftrag hatte, ein Exemplar zu fangen, mit leeren Händen von dem Berg zurück. 1993 wurde erneut eine Suche unternommen, ohne jegliches Resultat.

Die *Rana carreki* ist völlig schwarz. Diejenigen, die sie lebend gesehen haben, versichern, daß ihre Haut silbrig glänzt.

Geheimnis und Größe

CAMERÚN.

So hieß der Mann. Oder wenigstens sagte er, daß er so heiße. Ich lernte ihn bei meiner ersten Reise nach Port-au-Prince kennen, Jean-Pierre und ich waren gerade sechzehn Jahre alt geworden, wir steckten ein paar *Gourdes* ein und bestiegen ein kleines Boot, das von Jérémie in die Hauptstadt fuhr und zuvor kurz in Grand-Goâve anlegte, jedenfalls meine ich mich zu erinnern, daß es dort anlegte.

Das kleine Boot hieß *La Saucisse*, »die Wurst«, das war kein alltäglicher Name für ein Boot, vielleicht hatte der Besitzer es so genannt, weil es immer voll war, alle zusammengepfercht. Jean-Pierre trug einen Rucksack mit zwei sauberen Hemden, eines für sich selbst, das andere für mich, wir wollten uns amüsieren, Frauen kennenlernen – bis dahin hatten wir nur mit Carmelite gevögelt – und unseren Freund Jean Leroy besuchen, der Seemann auf einem Schoner war und in Cité Soleil wohnte. Bei Jean Leroy lernten wir Camerún kennen. Und seine Frau, aber nur ganz flüchtig. Die Frau wurde Azelma genannt, sie war eine hellhäutige Mulattin mit schläfrigen Augen, lief immer mit einem Leguan auf den Schultern herum und sprach, als wäre ihre Zungenspitze am Gaumen festgenäht.

Camerún arbeitete als Metzger. Er war als guter Schlachter bekannt, man veranstaltete Wettbewerbe, um festzustellen, wer am schnellsten eine Kuh schlachten, häuten, zerteilen und filetieren konnte. Er gewann immer, er hatte Arme wie ein Stier und behaarte, mit Narben übersäte Hände, und mit diesen Händen brach er den Viechern das Genick, sogar sein Freund Jean Leroy bekam ein bißchen Angst dabei, es war schrecklich, sich ihn wütend vorzustellen.

An dem Nachmittag, als wir ihn das erstemal sahen, sprachen wir kaum mit ihm und wagten nicht, seinen mit Ketten behängten Hals, die Ringe mit orangefarbenen Steinen und die mit Schnecken inkrustierten Lederarmbänder zu betrachten. Camerún fragte nach unserem Vater, den er vor langer Zeit in Bombardopolis kennengelernt hatte, er wollte wissen, ob Divoine Joseph noch lebte, brach in Gelächter aus und sagte, Divoine sei der einzige Mann, der seine drei Kugeln — er war mit dreien geboren worden — je angefaßt hatte: Damals war er noch ein Junge gewesen, und Divoine heilte ihn von Bläschen, die er sich von einer Frau geholt hatte. Er erinnerte sich auch daran, was für eine hübsche Frau Yoyotte Placide in ihrer Jugend gewesen war, fragte, ob die Patin meiner Schwester noch immer ihre Kneipe am Ende des Dorfes hätte, und erklärte, das sei der einzige Ort der Welt gewesen, wo man *Djon-djon*-Pilze mit Katzenleber essen konnte. Dann erzählte er etwas, was weder Jean-Pierre noch ich wußten: Die berühmteste Köchin von Bombardopolis, die Beschützerin der *Pwazons rats*, die geistige Mutter aller Trupps, hatte nur mit einem einzigen Mann geschlafen, und dieser Mann war der alte Thierry gewesen, unser Vater.

Schweigend und ohne den Blick zu heben, erfuhren wir noch etwas: Wegen Yoyotte Placide hatte der alte Thierry einen Spurensucher aus einem anderen Trupp getötet. Nach dem, was Camerún wußte, hatte der Fährtensucher bei einem Besäufnis versucht, Yoyotte zu vögeln, man wußte nicht, ob es ihm gelungen war, aber es stand fest, daß unser Vater ihn an der Tür der Kneipe abfing, leise mit ihm sprach und ihm dann ein Messer in den Leib rammte. Der andere mochte sich nicht verteidigen, und der alte Thierry schlitzte ihn von oben bis unten auf.

Von dieser Reise kehrten Jean-Pierre und ich verändert zurück. Auf dem Schiff sprachen wir kein Wort miteinander, jeder dachte darüber nach, was Camerún erzählt hatte. Ich erinnerte mich an das schmerzerfüllte Gesicht Yoyotte Placides, als sie erfuhr, daß mein Vater mit Frou-Frou ein Kind haben würde. Damals dachte niemand etwas Böses, auch argwöhnten wir nichts, als sie einmal bemerkte, daß mein Vater gern ein heißes Bad nehme und daß ihm fast erkalte Fischsuppe am besten schmecke. Meine Mutter antwortete darauf, das sei wohl nur in Bombardopolis so, denn in Jérémie badete er in eiskaltem Wasser und verbrannte sich an heißer Suppe genüßlich die Zunge. Vielleicht hatte Yoyotte meinem Vater den Rücken eingeseift oder ihm den Hals massiert, wer weiß, ob sie ihm nicht auch, ohne sich um den Schaum zu kümmern, den Bauch ableckte, um sein Herz zu erweichen. Wir waren ein bißchen blind, und als wir etwas sehen wollten oder konnten, hatte sich Frou-Frou schon dazwischengedrängt.

Bei meiner zweiten Reise nach Port-au-Prince traf ich Camerún wieder. Diese Reise unternahm ich, um Papa Crapaud zu treffen. Ein Mann war auf der Suche nach einem Führer nach Jérémie gekommen, ich ging zu ihm, und er machte mich darauf aufmerksam, daß für diese Arbeit zwei Bedingungen zu erfüllen waren: man mußte lesen können und den Berg Casetaches in- und auswendig kennen. Dann stellte er mich auf die Probe: Er gab mir ein beschriftetes Papier, und ich las es laut vor, danach verlangte er von mir, ich solle den Berg zeichnen und die Wege und die größeren Höhlen markieren. Zum Schluß sagte er, daß ich ihn nach Port-au-Prince begleiten müßte, um den Ausländer kennenzulernen. Der Ausländer war es, der einen Führer suchte, ein alter Mann, der Frösche fing.

La Saucisse existierte zu jener Zeit nicht mehr, sie war bei Gonave untergegangen. Es gab ein anderes Schiff, viel größer und frisch gestrichen, das *Le Signe de la Lune* hieß. In Port-au-Prince gingen der Mann und ich vom Schiff und geradewegs in das Hotel, wo uns Papa Crapaud erwartete. Er war nicht so alt, wie ich ihn mir vorgestellt hatte, er hatte ein sehr sympathisches Gesicht, ein hartes weltmännisches Lächeln und ganz helle Augen ohne Äderchen oder Augenbutter; er kannte damals Ganesha noch nicht, hatte also auch noch nicht in den Armen dieser verdorbenen Schlange geschlafen. Er gab mir die Hand und forderte mich auf, Platz zu nehmen, begann sofort von Fröschen zu reden, zeichnete einige auf seine kleine Tafel und fragte, ob ich sie wiedererkennen würde. Später zog er das Foto von einer schmierigen Kröte voller Warzen aus der Tasche; ich kannte dieses Tier gut, wir redeten eine Weile über ihr Gift, und ich erzählte ihm, daß die Fischer aus Jérémie zu sagen pflegten, diese Kröte sei die Mutter aller Kröten. Papa Crapaud lachte und sagte, daß er sich andererseits wie ihr Vater fühle, da fiel mir der Name »Papa Crapaud« ein, und ich sprach ihn aus. »Wenn du magst, kannst du mich so nennen.« Er gab mir wieder die Hand und befahl mir, nach Jérémie zurückzufahren und ihm ein bequemes Häuschen zur Unterbringung seiner Sachen zu suchen. Ich war angestellt.

Ich verließ das Hotel und ging nach Cité Soleil. Unterwegs kaufte ich eine Flasche *Aguardiente*, dachte daran, Jean Leroy zu bitten, meine neue Stelle mit mir zu feiern, und feiern bedeutete für uns, viel zu vögeln, uns eine oder zwei Frauen ins Bett zu holen. Aber Jean Leroy war nicht da, er war auf seinem Schoner unterwegs, und statt dessen öffnete mir Camerúns Frau; sie grüßte mich mit ihrer Geisterstimme und erklärte mir, daß sie gewöhnlich hier wohnten, wenn Jean Leroy auf See war. Ich könnte auf ihren Mann warten, der gleich heimkommen und sicherlich gern die Flasche mit mir leeren würde. Wir waren eine ganze Weile allein, aber es bestand überhaupt keine Gefahr, denn Azelma war schon ziemlich alt und kümmerte sich nur um ihren Leguan. Als Camerún endlich kam, öffnete ich die Flasche, er fragte, was ich in Port-au-Prince zu tun hätte, ich erzählte ihm das mit Papa Crapaud, und er gab mir gleich Ratschläge.

Später erzählte er mir wieder von meinem Vater, von den vielen Malen, die sie zusammen in Mole Saint-Nicolas gewesen waren und im Nachtclub des einarmigen Tancrède einheimische Dominikanerinnen befummelt hatten.

Camerún schien mir ein aufrechter Mann, den Eindruck hatte ich, als er die Stimme senkte und von der »Größe« sprach, von den Geheimnissen der Männer und der menschlichen Saat des Todes. Wenn ich irgendwann nach Port-au-Prince ziehen sollte, würde er sich dafür einsetzen, daß mir weder Arbeit noch Weg fehlten. Des Mannes Weg, ich erinnere mich an seine Worte, liege in der heiligen Stimme. Ich fragte ihn, was es mit dieser Stimme auf sich habe, und er antwortete, daß ich das schon eines Tages erfahren würde.

Dieser Tag kam einige Jahre später. Als Papa Crapaud tot und meine Frau – das war Frou-Frou gewesen – eine lebende Tote war, blieb mir nur eine Möglichkeit: für immer von Jérémie wegzugehen und mir ein Leben an einem anderen Ort aufzubauen, wie es fast alle meine Geschwister getan hatten, alle außer Jean-Pierre, der wegen Carmelite dort verwurzelt war.

Ich hatte keine Lust, als Schlachter zu arbeiten, noch weniger als Schauermann, ich dachte, das wäre das einzige, was mir Camerún anbieten könnte, aber ich hatte mich getäuscht. Zunächst bot er mir gar nichts an, sagte nur, er werde mir eine Geschichte erzählen, die mein Leben verändern würde. Er nahm mich mit in eine Spiegelbar am Boulevard Allègre, die damals sehr berühmt war und die Samedi Night Club hieß. Er bestellte *Aguar-*

diente mit Bier vermischt, und ohne sein Getränk auch nur probiert zu haben, stieß er wie betrunken folgende Bemerkung aus: »Einer sagt, der Fluß, und nichts weiter als der Fluß, als gäbe es nicht so viele davon in Calabar.«

Am Anfang verstand ich ihn nicht, aber er fuhr fort und nannte merkwürdige Namen und sprach von der Macht, die in einem Fisch wiedergeboren wird. Plötzlich riß er die Augen weit auf und befahl mir, die meinen zu schließen: »Denk an die Frau, Thierry, an eine einzige, denk an sie, als würdest du sie sehen.« Die Frau hieß Sikán und versenkte jeden Morgen einen hohlen Kürbis im Fluß, um Wasser zu schöpfen. Eines Morgens, als sie den Kürbis herauszog, hörte sie die Stimme, dieses tiefe Brüllen, dieses musikalische Zittern auf dem Grund: Sie blickte ins Wasser und sah den Schwanz mit den drei Spitzen. Die Wahrsager aus Guinea versammelten sich, sperrten Sikán ein und stahlen ihren Fisch, häuteten ihn und bedeckten mit der Haut die Öffnung des Kürbisses. Aber alles war vergebens, denn die Stimme des Fisches war in seiner Haut nur die schwache Erinnerung einer Stimme. Da enthaupteten sie Sikán – mit Blut opfert man, und mit Blut kommt man zur Welt –, steckten ihren Kopf in den Kürbis, ihre Vogelaugen würden dort auf die gelben Fischaugen treffen, bestreuten die Mischung mit den sieben Kräutern, und zum Schluß hörte man die Segnung: Das war die tiefe Trommel der Geheimen Gesellschaft, die uralte Trommel, deren Name niemals erwähnt wurde, die Stimme, die wie das Feuer ist, das Abakuás Herz wärmt.

Camerún fragte mich dann, ob ich mich der Gesellschaft anschließen wolle, ich sagte, ja, sobald ich könne, aber man gehört erst dazu, wenn man viele Prüfungen bestanden hat, Prüfungen des Schmerzes und der Freude, das sind die schwierigsten. Sie rasierten mir den Kopf, zogen mich nackt aus, damit ein Mann meinen Körper bemalen konnte, Streifen auf die Kopfhaut, Streifen auf Arme und Beine. Wissen Sie, wer der Mann war, der mich anmalte? Emile Boukaka höchstpersönlich, Sie haben ihn in Port-au-Prince kennengelernt. Boukaka ist der *Mpegó* der Macht, der Priester der Symbole und der Namenszeichen, der Herr der Kreide, der Schöpfer der Zeichen. An jenem Tag bemalte er auch andere Männer; die Zeichen erschaffen und beherrschen, alles, was nicht bezeichnet ist, ist weder heilig noch real. Ich wurde unter der Stimme Tanzes wiedergeboren, Tanze ist der Name des Fisches, aber sein Kopf wird Añuma genannt; seine Schuppen nennt man Osarakuá, seine Zähne Inikué, seinen Schwanz Iriama, sein Fleisch Abianke und seine Exkremente Ajiñá.

Frauen gab es in der Gesellschaft nicht. Es gibt noch immer keine, und es wird auch nie welche geben. Eine Frau empfängt ein Geheimnis, sie kann es vielleicht empfangen, wie es Sikán empfangen hat, aber dann muß sie sich zurückziehen, muß sterben, muß die Augen schließen. Sehen Sie, diese Landsmännin von Ihnen, die auf dem Casetaches Kräuter ausreißt. An einem Tag, an dem sie es am wenigsten erwartet, wird sie das finden, was sie sucht, ich weiß sehr wohl, daß sie nicht das sucht, was sie vorgibt, zu suchen. Was wird geschehen, wenn sie die weibliche Pflanze findet? Eine Frau sollte das nicht tun; wissen Sie, was Camerún mir gesagt hat? »Die Alten denken immer, die Frauen lügen.«

Frou-Frou log, sie liebte meinen Vater über alles, einen Vater, der mich nie mit meinem Namen ansprach, und weil sie meinen Vater liebte, ging sie mit dem Sohn ins Bett. Claudine, meine Mutter, belog Yoyotte Placide, es waren barmherzige Lügen, damit die Festessen weiter gefeiert wurden, sie redeten miteinander darüber, wie gut doch mein Vater zu ihnen war. Carmelite liebte immer meinen Bruder Paul, später brachte sie dieses kleine Mädchen zur Welt und behauptete, es sei von Jean-Pierre. Sie log.

Camerún schlug mir nicht vor, als Schlachter oder Schauermann zu arbeiten. Er empfahl mich an eine Schneiderei, wo ich den Boden wischte und Botengänge besorgte, dort ließ man mich auch hinuntergefallene Stoffreste, Nadeln und Knöpfe aufsammeln. In der Schneiderei lernte ich Amandine kennen, die von allen Maude genannt wurde. Bei unserem ersten Zusammensein fragte sie mich, ob ich in Jérémie eine Frau zurückgelassen hätte. Ich antwortete, ja, früher oder später ist eine Frau eine Strafe, die mit Frou-Frou würde mein ganzes Leben lang anhalten. Ich sagte ihr, daß ich sie herholen würde, noch immer bedaure ich, sie hergeholt zu haben, und das, obwohl sie schon tot ist.

Später gebar mir Maude einen Sohn. Ein Mann verändert sich deshalb nicht, Camerún hatte mich schon darauf hingewiesen: Ein Mann ändert sich wegen gar nichts. Das Kind starb, kurz nachdem es die Augen geöffnet hatte, die Hebamme sagte, es sei mit gebrochenem Herzen zur Welt gekommen. Maude weinte tagelang, ich dachte, es würde sie um den Verstand bringen, wie damals Frou-Frou, aber sie beruhigte sich wieder. Sie fragte mich, ob wir nicht mehr Kinder haben könnten, und ich versprach ihr, daß wir einen Sohn mit gesundem Herzen haben und ihn Camerún nennen würden. Aber es wurde ein Mädchen, und wir nannten es nach meiner Schwester und ihrer Patin Yoyotte.

Camerún wurde ihr Pate. Meine Schwester Yoyotte kam aus Bombardopolis, um das Festessen vorzubereiten. Wir feierten die Taufe an einem Samstag morgen, und am Sonntag mittag kam Azelma, um es mir mitzuteilen, ihre schläfrigen Augen waren zum erstenmal offen: Camerún war mit Yoyotte davongelaufen.

Sie waren nicht nach Bombardopolis gegangen. Mehrere Jahre lang blieben sie verschwunden. Die uralte Yoyotte Placide war schon fast blind und kam auf der Suche nach ihrer Patentochter nach Port-au-Prince. Niemand konnte sich erklären, wie sie sich in so kurzer Zeit ineinander hatten verlieben und sich zum Weggehen, wer weiß, wohin, hatten entscheiden können. Die von der Gesellschaft wußten es, Emile Boukaka wußte es, er erhielt erst eine, dann mehrere Postkarten aus Guinea, auf denen Camerún ihn bat, mir zu erzählen, daß sie Kinder hatten, zwei auf einmal, eineiige Albinozwillinge, es gibt nichts Heiligeres auf dieser Welt.

Kurze Zeit später starb Yoyotte Placide. Die Kneipe blieb lange Zeit geschlossen, aber die Trupps der *Pwazons rats* kamen ab und zu vorbei und machten halt, um sich an die mitternächtlichen Festgelage zu erinnern, an den

Geruch der Bohnen, die die Köchinnen in *Aguardiente* weichkochten, an das gebratene Fleisch, von dem einige schworen, es sei vom schwarzen Hund. Yoyotte hatte gesagt, es sei vom Wildschwein.

Meine Schwester kehrte mit ihren beiden Kindern nach Haiti zurück, aber ohne Camerún. Die Kinder konnten kaum das Licht vertragen, Albinos haben ihre eigene Helligkeit, und die Sonne quält sie. Yoyotte öffnete die Kneipe wieder unter dem Namen, den sie seit Urzeiten hatte, Petit Paradis, und begann, nach den Rezepten zu kochen, die sie aus Guinea mitgebracht hatte. Später hatte sie noch eine Tochter mit Gregoire Oreste, jenem Mann aus dem Trupp meines Vaters, der sich dem letzten Teil der Jagd widmete. Diese Tochter lebt noch immer bei ihr, nicht aber die Zwillinge, sie haben ihre eigenen Familien, ihre Frauen helfen im Petit Paradis bedienen, und die Kinderchen sind nicht ganz so weiß geworden.

Gelegentlich kam jemand durch Bombardopolis und fragte nach Camerún. Einige sagten, er sei im Fluß Oddán gestorben, aus freien Stücken, indem er mit Bleigewichten ins Wasser gegangen sei. Andere erzählten, er habe sich in ein blaues Mädchen aus Guinea verliebt, die ihn mit ihrer Macht festhielt. Yoyotte sagte mir die Wahrheit: Camerún war viel früher als sie nach Haiti zurückgekehrt, zu seiner Frau Azelma, seiner Frau mit den schläfrigen Augen, und beide seien in das Dorf Agua Negra gezogen, einen Ort an der Grenze, durch den nie jemand kam. Aber Divoine Joseph war vorbeigekommen, hatte Camerún gesehen und es Gregoire Oreste erzählt, so erfuhr es auch meine Schwester. Gregoire wollte sie nämlich auf die Probe stellen, aber sie blieb ganz gelassen, stillte weiter ihr Töchterchen und informierte nicht einmal die Zwillinge, die schon anfingen, nach ihrem Vater zu fragen.

In der Gesellschaft hatten sie eine bestimmte Art, die Dinge zu sagen. Nichts zu sagen war auch eine Form des Sagens. Um von der »Größe« zu sprechen, senkten sie die Stimme; um von Camerún zu reden, sprachen sie gar nicht. Man sagte alles schweigend, als handle es sich um einen Toten, er ist wohl in Agua Negra gestorben, seine Frau Azelma auch. Aber es gibt immer noch Menschen, die sie sehen. Meine Schwester Yoyotte erzählt, sie habe sie in Bombardopolis gesehen, sie erzählt es leise ihren Zwillingen, den Albinos von Camerún.

Ich bin bis zu meinem Tod gezeichnet, was soll ich Ihnen sagen? Wenn ich sterbe, ob im Meer oder an Land, wird Camerún dort sein, auch mein Vater, und Frou-Frou wird dort sein, wenn mein Vater nichts dagegen hat. Camerún werde ich immer die Stimme verdanken. Besser wäre es, wenn er im Meer wäre, dort schwimmt Tanze.

Die Seele eines *Macoute*

ICH ERINNERE MICH an die Postkarten, die ich in Emile
Boukakas Wartezimmer gesehen hatte, die meisten aus
Frankreich, aber auch aus überraschenden Orten. Wer
war je in Bafatá gewesen?

Camerún vielleicht, dieser leidenschaftliche und my-
stische Schlachter, fähig, sich unsichtbar zu machen und
dann mitten unter der Besatzung eines Frachters unter-
zutauchen. Ein Mann, dachte ich plötzlich, der dem
Schlachten die Bedeutung einer Suche gegeben hatte: Er
tötete durch Genickschläge, er häutete und entbeinte das
Schlachtvieh mit großer Hingabe an das Eingeweide, das
Blut, das endgültige Schicksal der Kuhfladen, die nicht
mehr herauskamen. Vielleicht gewann er deshalb all die
Wettbewerbe, für Camerún war das Schlachten der Weg
zur Perfektion.

Es war auch möglich, daß er nie einen Fuß auf afrikanische Erde gesetzt hatte. Vielleicht war er statt dessen
nach Südamerika geflohen. Ich versuchte mich an den
Text der Postkarte zu erinnern, den ich bei Emile Boukaka gelesen hatte: »*De Pérou, une photo de mes chers antropophagos.*« Es war eine Indiohütte in Beni, Bolivien, gewesen, und der Absender hatte sich geirrt, oder er hatte
versucht, den Empfänger zu täuschen. Es sei denn, die
Karte aus Beni wäre nach Peru mitgenommen und von

dort abgeschickt worden, und dann handelte es sich weder um eine Täuschung noch um einen Irrtum, sondern um eine Laune oder um Vergeßlichkeit.

Wie auch immer, diese Geschichte von Thierry sollte nur zeigen, wie vertrauenswürdig die Männer der Gesellschaft waren, denn genau einer dieser Männer, ein Mitglied, das durchaus Emile Boukaka gewesen sein konnte, hatte ihm die Warnung zukommen lassen: Der Casetaches würde sich binnen kurzem in einen verbotenen Ort verwandeln, so wie schon der Berg der verschwundenen Kinder, die Insel Gonave, die Bahía Carcasse und die Dörfer Tiburón und Port-à-Piment verbotene Orte waren. Weder die Froschfänger noch die Pflanzensucher könnten sich dort lange aufhalten.

»Seit gestern ist Jérémie eine Hölle«, flüsterte Thierry und drehte mir den Rücken zu. »Mein Bruder Paul wird mit Carmelite und Mireille weggehen, sie wollen nach Bombardopolis, vielleicht können sie sich dort retten.«

»Wir haben noch Lebensmittel in Marfranc«, sagte ich. »Es gibt keinen Grund, nach Jérémie zurückzugehen, bevor wir den Frosch gefunden haben.«

»Das ist nicht der richtige Ort, um Frösche zu suchen«, erwiderte Thierry. »Und schon gar nicht den Blutfrosch, er läßt sich nicht einfach so sehen.«

Am nächsten Tag trafen wir gegen Nachmittag wieder mit dem Botanikerpaar zusammen. Wir machten gerade unser Gepäck fertig, und als sie näher kamen, hob ich grüßend die Hand. Edouard blieb stehen, aber Sarah ging weiter, beide trugen Nylonsäcke auf dem Rücken, und ich bemerkte, daß Sarah nur langsam vorankam. Sie kehrten von ihren »Studierquadranten« zurück, so nannten sie die markierten Zonen, die sie bei Tageslicht bearbeiteten, im Gegensatz zu uns, die wir in der Dämmerung anfingen. Sie trugen leere Feldflaschen bei sich und baten uns um Wasser, ich fragte, ob sie uns beim Essen Gesellschaft leisten wollten; sie sahen sich einen Augenblick an, und dann akzeptierte Sarah mit einem flüchtigen Nicken, drehte den Kopf weg und seufzte tief. Ich bot ihr an, ihren Beutel zu tragen, Edouard ging voraus und begrüßte Thierry, er war ein herzlicher und energiegeladener Typ.

Wir öffneten ein paar Konservendosen und hörten beim Essen Radio. Gelegentlich machte Sarah eine vage Bemerkung, oder sie sagte etwas, ohne den Satz zu beenden. An diesem Tag hatten sie zu zweit gearbeitet, denn Luc, der Haitianer, der sie begleitete, war in Marfranc geblieben. Ich fragte mich zum erstenmal, ob diese beiden ein Paar waren oder ob die Einsamkeit, die Erschöpfung, die quälende und trockene Stille des Bergrückens sie dazu zwang, sich gelegentlich zusammenzutun.

»Ich bin zu nichts verpflichtet«, sagte Edouard plötzlich, während er an einem Stück gekochter Yucca kaute; er war jemand, der sich an alles gewöhnte, der alles verzehrte. »Ich wäre gerne noch ein paar Wochen länger hier geblieben, besonders wegen Sarah, um zu sehen, ob sie die *Pereskia* findet.«

Sarah schaute auf und sah mich etwas erschrocken an, als wollte sie mich bitten, zu schweigen. Schweigen worüber?

»Aber das wird schwierig sein«, fügte Edouard hinzu. »Luc hat uns gesagt, daß es hier nicht sicher ist. Er denkt, sie könnten uns umbringen.«

Thierry hustete, er war unfähig, sich in ein Gespräch einzumischen, das er zu abwegig fand; ich bemerkte, daß er Angst hatte zu sagen, was er wußte.

»Thierry hat man mitgeteilt, daß sie uns in wenigen Tagen zwingen werden, von hier wegzugehen... Sag es ihnen, Thierry.«

Sarah lächelte, ein wahrhaft kämpferisches Lächeln. Mit einer schlichten Geste hinderte sie Thierry am Reden.

»Dann werden wir darauf warten, daß sie kommen und uns runterholen.« Sie wandte sich an ihren Begleiter. »Bis dahin sind wir sicher schon fertig.«

Wir aßen schweigend zu Ende, nur Edouard erzählte von seiner Frau und seinen Kindern. Sarah verlor kein Wort mehr – über nichts und niemanden.

In derselben Nacht hörten wir zum erstenmal einen Gesang, der von einem erwachsenen Exemplar des *Eleutherodactylus sanguineus* stammen konnte. Thierry hörte ihn eine ganze Weile, ich war unfähig, ihn herauszuhören; wir betraten eine Höhle und verließen sie wieder, wir knieten uns eine Zeitlang neben einen Baum, gingen einen Pfad entlang, der um einen kleinen Tümpel herumführte, und plötzlich machte Thierry die Laterne aus. Am Morgen hatte es geregnet, und jetzt begann es erneut zu nieseln. Wir verharrten bewegungslos an einem steilen Abhang, und ich wollte mich gerade bücken, aber Thierry hinderte mich daran: Das war in dem Moment, als das Tier wieder zu singen begann. Ich schloß die Augen und lauschte mit solcher Konzentration, daß ich fast losgeschrien hätte. Dann schien alles sehr schnell zu gehen, ich bewegte mich und taumelte im Morast, Thierry machte seine Laterne wieder an und streckte mir die Hand hin.

»Das Teufelstier wandert dort entlang. Jetzt wissen wir, daß es hier ist.«

Von dem Moment an war ich etliche Stunden lang unfähig, auch nur ein Wort zu sprechen. Wir gingen langsam voran, durchleuchteten vorsichtig das Gestrüpp, die Schlupfwinkel in den Bromelien und die Baumwurzeln. Gelegentlich blieb Thierry stehen, und wir hielten den Atem an, aber der Frosch gab keinen Laut mehr von sich. Kurz vor Tagesanbruch setzten wir uns hin und zündeten uns eine Zigarette an.

»Wissen Sie, daß Albinos schon vor ihrer Geburt ankündigen, daß sie Albinos werden?«

Ich konnte ihm nicht folgen und bekam allmählich Kopfschmerzen. Thierry öffnete eine Thermoskanne und bot mir in einer alten Erbsendose, an der noch das Etikett klebte, heißen Kaffee an.

»Sie teilen es folgendermaßen mit: Sie bewegen sich ziemlich viel im Mutterleib, die Bauchdecke wird dünner und wechselt die Farbe. Um sicherzugehen, zieht sich die Mutter in einem dunklen Zimmer aus und stellt sich vor eine Kerosinlampe. Ist der Fötus von außen zu sehen, wird es mit Sicherheit ein Albino.«

Ich wühlte in meinem Rucksack und zog schließlich zwei Aspirin hervor. Auf der Farm meines Vaters wurden die Straußeneier auf die gleiche Weise durchleuchtet: Nach dem Einsammeln wurden sie gewaschen und gebürstet und dann vor eine Lampe gehalten, um den Dotter auszumachen, der noch ein schwarzer Fleck war. Entsprechend der Stelle, an der sich dieser Fleck befand, legte man das Ei in den Brutkasten. Der Fleck mußte immer nach oben zeigen. Während der Sommerferien hatte ich öfter dabei geholfen, es machte mir auch Spaß, die Küken zu füttern, aber ich vermied es, den erwachsenen Vögeln zu nahe zu kommen. Ich zog es vor, sie von weitem zu betrachten, und so sah ich ganz nebenbei die Silhouette meines Vaters in den Gehegen; er bewegte sich stets wie ein Torero, wenn er versuchte, ein brünstiges Tier zu beschwichtigen.

»Yoyottes Kinder sind sehr ehrlich. Albinokinder sind immer so: Entweder sind sie sehr ehrlich oder sehr falsch, es gibt nichts dazwischen.«

Als Kind hatte ich ein Malbuch, auf dessen Mittelblatt ein Straußenwettlauf abgebildet war. Die Reiter trugen Bärte und Turbane und galoppierten dahin, ohne sich anzusehen, schwangen die Säbel und wirbelten Federn auf. Irgend jemand hatte mir vorgeschlagen, diese Federn gelb anzumalen, vielleicht mein Vater, denn damals hatte er es sich schon in den Kopf gesetzt, sich später der Straußenzucht zu widmen. Ich gehorchte ihm, malte die Federn und die Turbane der Reiter alle in derselben Farbe an, aber trotzdem hatte ich lange Zeit über denselben Alptraum von der Wüste: Die Strauße holten mich ein, und ich drehte mich in einem Wirbelwind, mein Mund füllte sich mit Federn, nicht gelben, sondern schwarzen, und mit vollem Mund konnte ich nicht mehr schreien.

»Einer der Männer, die um Papa Crapauds Haus herumschlichen und Ganesha vögeln wollten, war ein Albino.«

Meine Mutter meinte, daß die Vogelzucht Zeit- und Geldverschwendung sei, wen interessierten schon Straußenfedern? Wie viele Federn würde mein Vater aus einem Vogel gewinnen, der ihn auf lange Sicht so teuer käme? Er antwortete, daß er in Wirklichkeit das Geschäft mit dem Fleisch machte; gesünder als Rindfleisch, zarter als Truthahn. Meine Mutter schrie, daß sie nicht einen einzigen Freund, Verwandten oder Bekannten hätten, der je Straußenfleisch probiert habe oder probieren wollte. Mein Vater senkte die Stimme: Sie werden es probieren, sie werden . . .

»Er war ein besonders falscher Albino, ein sehr dicker und wilder Mann, aber Ganesha ließ ihn ins Haus, das war, als Papa Crapaud wieder einmal verreist war, und nachdem er sie gevögelt hatte, schlug er sie und ließ sie in einer Blutlache liegen. Ich war es, der sie viel später so fand, sie konnte sich nicht bewegen, betete aber leise.«

Dann argumentierte mein Vater, daß er auch aus der Haut Nutzen ziehen könne, etwa vier Quadratmeter je Vogel, denn Straußenhaut ließ sich sehr teuer auf dem Markt verkaufen. Trotz alledem ließ sich meine Mutter nicht überzeugen: Sollte er doch sein Geld rauswerfen, wie es ihm gefiel, das war ihr letzten Endes egal, aber das, was ihr und ihrem Sohn gehörte, hätte er zu respektieren.

»Ganesha verbrachte mehrere Tage im Bett. Papa Crapaud versorgte sie, obwohl er wußte, daß der Albino ihr die Schläge verpaßt hatte und daß er es getan hatte, weil sie sich von ihm vögeln ließ. Ganesha blieb eine ganze Weile ruhig, und der Albino verschwand. Später erfuhr ich dann, daß er zwei Frauen umgebracht hatte.«

Martha, meine Frau, wollte nicht mehr auf die Farm meines Vaters mitkommen. Vor unserer Heirat waren wir häufig dort, aber später waren die Strauße nichts Neues mehr, zumindest nicht für sie. Es war nicht mehr sonderbar, sie von der Landstraße aus im Gehege herumlaufen zu sehen, damals entstanden viele solcher Farmen in Indiana. Martha interessierte sich für all das nicht mehr als für einen Hühner- oder einen Kuhstall.

»Eine brachte der Albino in Jérémie um, und die andere vierteilte er in Port-au-Prince. Der in Jérémie zog er die Gesichtshaut ab, erinnert Sie das an etwas? Mir scheint, dieser Albino hatte die Seele eines *Macoute*.«

In Barbaras Gesellschaft, nicht in meiner, kostete Martha zum erstenmal Straußenfleisch. Es war während einer Blitzreise nach Houston, Barbara wollte ihr Herz untersuchen lassen, nichts besonders Ernstes, nur ein paar Unregelmäßigkeiten, die sie nachts beeinträchtigten. Als die Untersuchungen abgeschlossen waren und sie mit dem Arzt gesprochen hatte, der sie vollständig beruhigte, feierten sie die Diagnose in einem Restaurant. Martha sagte, sie habe das Straußenfilet auf der Speisekarte gesehen und sich an mich erinnert. Nie hatte sie es auf meines Vaters Farm essen mögen, vor unserer Heirat brachte sie sich immer ihre eigenen tiefgefrorenen Gerichte mit. Aber mit Barbara fühlte sie sich mutig, oder vielleicht hatte Barbara sie dazu verleitet; die Tatsache, daß Martha mit Barbara Straußenfilet probiert hatte, nicht mit mir, war ein gezielter Hieb, der feine Stich einer tödlichen Nadel, die sich genau an der richtigen Stelle in den Nerv bohrte, der dann den restlichen Körper lähmte. Die Nacht verbrachten sie in einem Hotel gegenüber vom Krankenhaus, einem deprimierenden Ort, wie Martha mir später erzählte.

»Einmal erwischte ich Ganesha dabei, wie sie Froschschenkel aß, und ich sagte ihr, daß Papa Crapaud sie umbringen würde, wenn er das entdeckte. Sie antwortete mir, daß sie sehr gut seien und daß ihre Familie in Guadeloupe schon immer welche gegessen habe.«

Ich fragte Martha, ob ihr das Straußenfleisch geschmeckt habe, und sie antwortete, ja, es sei gut gewesen und basta, nichts Besonderes, weniger Cholesterin, darum gehe es doch, oder?

»Papa Crapaud hat es nie erfahren, aber manchmal stahl Ganesha ihm ein paar Frösche zum Essen. Der Albino leistete ihr bei diesen Festessen Gesellschaft. Als er weg war, leistete ihr der Mann aus Léogane Gesellschaft.«

Meine Mutter hatte die Schuld an der Trennung immer auf »diese verfluchten Vögel« geschoben. Trotz der Jahre, die sie gemeinsam verbracht hatten, und obwohl die Geschäfte meines Vaters so gut gingen, behauptete sie hartnäckig, er sei ein Exzentriker und das mit der Farm sei ein Wahnsinn.

»Heute ist ein großer Tag«, betonte Thierry, während er die Thermoskanne schloß. »Ich hätte nie gedacht, daß es mich freuen würde, den Blutfrosch zu hören.«

Nie hatte ich daran gedacht, daß die Farm früher oder später mir gehören würde. Es war Martha, die das eines Nachts erwähnte: Ob ich mich erkundigt hätte, ob es schwierig sei, eine Straußenzucht zu verkaufen, da ich ja der einzige Erbe sei? Ich sah ihr in die Augen: »Das hängt davon ab.« Sie hielt, wie immer, meinem Blick stand. Meine Stimme klang etwas rauh: »Das hängt von mir ab, vielleicht behalte ich die Farm mit allen Straußen.«

»Wenn wir den Frosch gefunden haben«, sagte Thierry, »werde ich Geld zusammensparen, um die Vögel zu sehen. Ich weiß nicht, ob Ihr Vater sie mir zeigen mag...«

Martha lachte laut auf. Ich vermute, daß sie es gleich Barbara weitererzählt hat und daß Barbara die Geschichte ebenfalls komisch fand. Es ging ihnen sehr gut, wenn sie zusammen waren, sie verstanden sich und waren fähig, sich miteinander zu amüsieren, so etwas ist nicht einfach.

»Zuerst will ich sie sehen, dann muß ich herausfinden, ob ich einen mitnehmen kann. So was hat man auf Haiti noch nie gesehen.«

Ich stand auf und klopfte meine Kleidung ab, die Sonne begann mich zu stören. Thierry wartete darauf, daß ich etwas sagte.

»Gehen wir schlafen«, sagte ich.

★

Der Cascadesfrosch oder *Rana cascadae* war so häufig in den Lagunen im Süden Kaliforniens anzutreffen, daß bis vor wenigen Jahren ein einziger Sammler in einer knappen halben Stunde vierzig oder fünfzig Exemplare zusammentragen konnte.

Nachdem festgestellt worden war, daß die Spezies in ihrem Habitat rapide abgenommen hatte, wurde im Herbst 1992 eine ausgedehnte Suche nach diesem Frosch durchgeführt, auch in der Umgebung des Lassen Volcanic National Park, einem Naturschutzpark, der keinen Veränderungen ausgesetzt war.

Es wurden nur zwei sterbende Frösche gefunden.

Das komplette Aussterben der *Rana cascadae* gilt als Tatsache.

Der Glaube Guineas

»Du vögelst offenbar nicht mehr mit Frou-Frou.«

Ich bewegte mich nicht und sagte kein Wort, ich konnte es nicht. Julien ähnelte meinem Vater so sehr, daß ich wie angewurzelt am Tresen des Samedi Night Club stand, des Lokals mit den Spiegeln, wo ich zum erstenmal mit Camerún gewesen war.

»Du bist mein Bruder«, sagte ich zu ihm.

»Ich habe keine Brüder«, antwortete er.

Viel größer als wir alle, die Kinder meiner Mutter, und auch viel stärker, hatte Julien einen Wandalenblick vom Befehlen und einen riesigen Pferdekiefer. Die Kraft eines Mannes wird immer an diesem Knochen gemessen.

»Auch wenn du es nicht willst, bist du doch mein Bruder.«

Ich hatte mich gerade von Maude getrennt und war mit einer Frau namens Suzy zusammen, Krankenschwester im Hospital von Port-au-Prince oder fast Krankenschwester: Einige Dinge konnte sie, andere nicht, aber das Hospital war immer so überfüllt, daß sie alles tun mußte. Julien fixierte mich, nachdem er zuerst sie fixiert hatte. Ich hatte einen Arm um sie gelegt, und er blieb stehen, um sie anzusehen, da erkannte er mich, kam näher und stieß diesen unflätigen Satz aus.

179

»Frou-Frou zu vögeln interessiert dich wohl nicht mehr?«

Er trug einen Revolver an der Hüfte und ein bis zum Hals zugeknöpftes olivgrünes Hemd, außerdem eine Uhr und einen Ring. Ich lud ihn zu einem Bier ein, aber er drehte sich um, setzte sich mit zwei anderen an einen Tisch und warf uns von dort aus gelegentlich einen Blick zu. Suzy fragte, wie es möglich sei, daß wir uns so wenig ähnlich sähen, wo wir doch denselben Vater hätten. Ich antwortete ihr, daß wir uns in einem ähnlich seien: Wir seien beide kahlköpfig. Mein Haar hatte sich schon sehr gelichtet, und Julien hatte seinen Schädel rasiert, jetzt hatte er einen Stierkopf, eine breite glänzende Stirn, mit der man Steine hätte zermalmen können.

Seine Mutter sah er nie wieder. Er wollte auch mit seinen Brüdern nichts zu tun haben. Als er einmal in Bombardopolis war, ging er ins Petit Paradis essen. Seien Freunde begleiteten ihn, *Macoutes* aus Fleisch und Blut, mit denen er die Soldaten seines »Macoute«-Spiels ersetzt hatte. Er erinnerte sich nicht daran, daß das Lokal seiner Halbschwester gehörte, oder es war ihm nicht mehr so wichtig. Yoyotte war es noch weniger wichtig, denn kaum waren er und seine Männer gegen Mittag hereingekommen, hatten sie begonnen, ein Glas Barbancourt nach dem anderen zu leeren, und noch vor Einbruch der Dunkelheit türmten sich um ihren Tisch herum die Flaschen. Danach bestellten sie das Essen. Meine Schwester Yoyotte schrie ihnen die Speisekarte aus der Durchreiche zur Küche herüber. Die uralte Yoyotte Placide sollte den Tisch decken.

»Als Frou-Frou verkündete, daß sie mich bekommen würde«, sagte Julien mit einem breiten Grinsen zu ihr, »hast du sie nicht mehr an den Festessen teilnehmen lassen.«

Yoyotte Placide, die so lange unter den Toten lebte, daß sie die Angst vor den Lebenden verloren hatte, hielt inne und sah ihn an, hob die Stimme und antwortete ihm ganz ernst: »Wenn es nach mir gegangen wäre, wärest du nie geboren worden.«

Meine Schwester erzählte mir später, daß ihr in diesem Moment die Beine gezittert hätten. Julien machte ein ganz finsteres Gesicht, und die *Macoutes* in seiner Begleitung hörten auf zu johlen und folgten aufmerksam dem Gespräch.

»Du warst schon alt«, sagte Julien scharf. »Thierry brauchte eine jüngere Frau.«

Er nannte seinen Vater nie Vater. Aus Widerspruchsgeist und um ihn wütend zu machen, nannte er ihn Thierry; mein Vater ohrfeigte ihn dann jedesmal und verletzte ihm dabei manchmal die Lippen. Julien weinte keine einzige Träne, sondern senkte den Kopf und fuhr fort, ganz leise: Thierry, Thierry, Thierry.

»Du sagst es«, erwiderte Yoyotte Placide. »Thierry brauchte eine Frau, aber was glaubst du, was deine Mutter war?«

Er sagte auch nie Mutter zu einer der beiden Frauen, die ihn großzogen. Claudine beklagte sich bei Frou-Frou darüber, Frou-Frou beklagte sich ihrerseits bei meinem Vater. Mein Vater schlug ihm wieder ins Gesicht, er schlug ihn heftig, aber Julien hörte nicht auf, ihre Namen zu schreien: Thierry, Claudine, Frou-Frou!

»Was war denn Frou-Frou, du hinterlistige Alte?«

Meine Schwester Yoyotte erzählte später, daß sie damals beinahe verbrannt wäre. Halbtot vor Angst und ohne zu wissen, was sie tun sollte, während ihre Patin mit ihrem Bruder stritt, lief sie vor dem Herd hin und her und riß dabei eine Pfanne mit heißem Öl herunter.

»Ich werde dir sagen, was Frou-Frou war«, schrie Yoyotte Placide und spuckte all ihren angestauten Zorn aus: »Sie war eine große Hure.«

Was dann geschah, erfuhr meine Schwester nie, denn sie fiel in Ohnmacht. Als sie die Augen wieder öffnete, lag sie nicht mehr vor dem Herd, sondern auf zwei Stühlen unter demselben Sonnenschutz, unter dem die *Macoutes* mit Julien an der Spitze gerade anfingen, ihr Ziegenfrikassee zu verschlingen. Neben ihr saß ihre Patin, die Lästerzunge Yoyotte Placide, und fächelte ihr mit einem dieser Fächer, die so sehr erfrischten und auf der einen Seite das Bild von Papa Doc und auf der anderen die Landkarte Haitis zeigten, Luft zu. Die *Macoutes* unterhielten sich wieder ausgelassen miteinander, man hörte erneut Gejohle, und sie tranken noch mehr Flaschen, rührten sich bis zum Morgengrauen nicht vom Fleck, bis Julien zahlte und hinzufügte, daß er ein üppiges Trinkgeld hinterlassen würde, damit sie zur Totenwache *Clairin* ausgäben. Den Toten erwähnte er nicht, sondern beschränkte sich darauf, ein Bündel *Gourdes* neben Yoyotte Placides geschwollene Füße zu werfen.

In der Nacht im Samedi Night Club wollte Julien auch

182

mit mir eine Rechnung begleichen. Vielleicht versuchte er auch nur, Suzy anzulocken, die ihrerseits versuchte, ihn anzulocken, und ihn mit offenem Mund betrachtete. Nachdem er eine Zeitlang mit seinen Kumpanen getrunken hatte, kam er an die Theke und fragte mich nach Frou-Frou.

»Sie ist verrückt geworden«, antwortete ich ihm.

»Sie war schon verrückt, als ich geboren wurde. Sie hat mich an deine Mutter verschenkt.«

Als er das sagte, hatte er schon beschlossen, mich fertigzumachen: Er packte Suzy am Arm und fragte mich, ob ich sie mit ihm tanzen ließe. Er fragte es lachend, und ich antwortete nicht, denn ich erwartete ein Zeichen von ihr, daß sie den Arm zurückzog und nein sagte. Aber sie ließ sich wegführen, alles ging ganz schnell, im nächsten Moment tanzten sie vor mir, enger umarmt als jedes andere Paar. Julien legte seine Hände auf Suzys Hintern, und Suzy bewegte sich mit geschlossenen Augen. Ich zahlte meine Zeche und ging, nicht weil mich Suzy nicht mehr interessierte, im Gegenteil, sie gefiel mir damals sehr, sondern weil etwas in mir sagte, daß Julien seinerseits auf ein Zeichen von mir wartete, eine einzige Bewegung, um mich kaltblütig vor allen anderen umzubringen.

Zu dieser Zeit war meine Schwester Yoyotte schon mit Camerún geflohen, und ab und zu besuchte mich Camerúns Frau Azelma und fragte, ob es Nachricht von ihnen gebe. Azelma war in Port-au-Prince aufgewachsen, sie wußte über alles Bescheid, was in der Stadt los war, sie kannte auch Julien gut, aber wer auf Haiti kannte Julien Adrien nicht?

Eines Tages fragte sie mich, ob ich wüßte, wie viele Tote die Männer meines Bruders bei dem Gemetzel in Cité Soleil hinterlassen hatten. Ich senkte den Kopf: Azelmas kleine Rache dafür, daß Yoyotte mit ihrem Mann abgehauen war, bestand darin, daß sie mir die Wahrheit sagte, und die Wahrheit war, daß Julien nach Teufel roch, er hatte nicht nur viele Männer getötet, er hatte auch Frauen umgebracht, darunter viele, die kurz vor der Niederkunft standen, und er hatte Kinder getötet. Ob ich wissen wollte, wie?

»Er ist mein Bruder«, erinnere ich mich, gesagt zu haben, damit sie schwieg.

Und kaum hatte ich das gesagt, wurde mir bewußt, daß mir mein Vater nach seinem Tod den Glauben Guineas hinterlassen hatte. Wen man liebt, den muß man respektieren. Wen man nicht liebt, aber lieben müßte, den respektiert man auch. Ich liebte Julien nicht, wie konnte ich eine Giftschlange lieben? Aber da er der Jüngste meines Vaters war und der einzige Sohn, den Frou-Frou ihm geboren hatte, mußte ich ihn verteidigen oder die Augen verschließen.

»Er ist mein Bruder«, wiederholte ich, »und seine Mutter ist die Frau, die ich geliebt habe, die Strafe, die ich immer und ewig ertragen muß.«

Azelma war wie versteinert, aber es gibt Momente, in denen selbst Steine begreifen können, wenn ein Mensch spricht. Sie erzählte mir nichts mehr über Julien, wollte sich auch nicht mehr wegen meiner Schwester Yoyotte an mir rächen. Wir wurden gute Freunde, und ich tröstete sie oft; sie fragte mich, ob ich glaubte, daß Camerún zurückkommen würde, und ich antwortete ihr, sie solle Geduld haben, eines Tages würde er vor ihrer Tür stehen. Da wurde sie nachdenklich und streichelte ihrem Leguan die Flanke.

Nicht Azelma erzählte es mir, die von der Gesellschaft *Abakuá* erzählten es: Mein Bruder Julien vereinigte seine Truppe mit der von Cito Francisque, das ist der Mann, der jetzt den Berg der verschwundenen Kinder kontrolliert. Damals, vor etlichen Jahren, trafen die Schiffsladungen ein, Bündel, die übers Meer und dann in die Dominikanische Republik gebracht wurden. Cito Francisque und Julien hatten sich zusammengetan, um ihr Territorium zu verteidigen, es gab einen anderen Militär, der es ihnen streitig machte, einen Oberst, der gute Beziehungen zum Präsidentenpalast hatte. Der Krieg begann in Port-au-Prince, dehnte sich aber dann nach Cap-Haïtien aus, und die schmutzigste Schlacht fand in Jacmel statt. Dort lebte das Mädchen mit seiner Mutter. Ich meine die Tochter Juliens. Er befand sich in Pétionville und schmiedete Pläne mit seinen Männern, als sie ihm das Paket brachten. Es heißt, daß er es öffnete und wieder schloß, seine letzten Befehle gab und mit jenem Bündel unter dem Arm wegging. Er bestieg seinen Jeep und verschwand tagelang. Das waren die Tage, als er völlig verrückt wurde, Julien schoß den Männern in den Nacken, in den Nacken oder in den Bauch, beglich alle vergangenen und zukünftigen Rechnungen. Deshalb wollten mich die von der Gesellschaft warnen.

Ich arbeitete ein paar Tage nicht und versteckte mich im Haus von Azelmas Schwester, einer Frau namens

Blanche, und dort erreichten mich die Nachrichten: Am frühen Morgen sahen sie den Jeep, sie sahen ihn zur gleichen Zeit in Port-de-Paix und in Saint-Marc. Sie sahen den verrückt gewordenen Mann darin. Cito Francisque wusch seine Hände in Unschuld, verhandelte mit dem Oberst, der die guten Beziehungen zum Palast hatte, und lieferte ihm das Leben meines Bruders aus, das schon kein Leben mehr war.

Blanche kam in einer dieser Nächte zu meiner Pritsche und sagte, ihre Schwester Azelma habe die folgende Nachricht geschickt: Julien sei in Gonaïves gefallen, sie fanden ihn tot in seinem Jeep, und sie fanden auch jenes Paket, das noch immer unter dem Sitz lag. Es waren die Kleider seiner Tochter und zwei Finger des Mädchens, sie hatten ihm die Finger als Beweis dafür geschickt, daß sie sie umgebracht hatten.

In dem Moment erinnerte ich mich nicht an die Tracht Prügel, die er mir hatte verabreichen lassen, als ich anfing, seine Mutter zu lieben, auch nicht an die Wut, mit der er mir Suzy im Samedi Night Club weggenommen hatte. Ich erinnerte mich an den Tag, als er zu uns gekommen war, in den Armen seiner Schwester Carmelite, und mein Vater Jean-Pierre und mich als die Ältesten darauf hinwies, daß der Neugeborene auch unser Bruder sei.

Blanche strich mir über den Kopf und sagte, daß ich jetzt beruhigt sein könnte: Der Teufel war mit dem Teufel gestorben. Ich nahm ihre Hand, führte sie zu meinem Mund und begann leise zu weinen, nicht wegen des Verstorbenen, sondern weil ich zur Totenwache gehen und wieder Frou-Frou gegenübertreten mußte. Ich erhob mich von der Pritsche und zog mich an, Blanche setzte sich hin, sah mir zu und sagte zu mir: Ach, wäre Julien doch nie gestorben. Das war ihre Art, mir zu sagen, daß sie es bedauerte, daß ich wegging, mir zu sagen, daß ich bleiben konnte, ihre Art, sich mir als Frau anzubieten, etwas, was sie in all den Tagen, als ich mich versteckt hielt, nie getan hatte. Ich ging zu ihr, umarmte sie und versprach ihr, zurückzukommen.

Und ich kam zurück, aber ich brachte Frou-Frou mit.

Das Wasser im Mund

IN JENER NACHT schrieb ich, bevor wir uns auf den Weg machten, zwei Briefe: einen an meinen Vater und den anderen an Vaughan Patterson. Der an Patterson sollte ein kurzer und leidenschaftsloser Brief werden, wurde aber ziemlich lang, und man merkte ihm meine Angst an. Ich teilte ihm mit, daß ich endlich den *Eleutherodactylus sanguineus* gehört hatte und eigentlich schon mit Sicherheit behaupten konnte, daß der Frosch hier sei, am südlichen Abhang des Casetaches. Ich hatte ihn zwar noch nicht gesehen, wußte nicht, ob es sich um ein einzelnes Exemplar oder um mehrere Frösche derselben Kolonie handelte. Was ich aber garantieren konnte, war, daß ich ihm höchstpersönlich ein Exemplar in sein Laboratorium in Adelaide bringen würde.

Mit dem Brief an meinen Vater passierte genau das Gegenteil. Ich wollte herzlich sein und begann, ihm von Thierry und seiner großen Neugier auf die Strauße zu erzählen. Es war ein Versuch, ihm zu vermitteln, daß ich mich an seine Farm mit den Vögeln erinnerte und sehr oft an ihn dachte. Aber der Brief fiel so kühl aus, daß ich einen zweiten zu schreiben begann, dann einen dritten, und am Ende zerriß ich alle drei, hinterließ einen kleinen Haufen zerknüllten Papiers auf dem Fußboden und verteilte es mit der Fußspitze. Dabei fiel mir Oscar ein, der

189

kleine Plüschstrauß, den mir mein Vater geschenkt hatte, um mir zu helfen, den Alptraum von der Wüste loszuwerden. Er war weiß, ein rührendes Tier, soweit ich mich erinnere, mit zwei großen blauen Knöpfen als Augen und einer kleinen Krawatte um den Hals. Mein Vater erfand ein Wortspiel, ausgehend von dem Satz »Ostrich Oscar«, und forderte mich auf, es jedesmal zu wiederholen, wenn ich schlecht träumte. Das brachte mich auf eine Idee: Ich nahm eine weiße Karteikarte, wie ich sie für meine Notizen benutzte, schrieb das Wortspiel auf, das mir mein Vater beigebracht hatte, und steckte es in einen an ihn adressierten Umschlag.

In diesem Moment kam Thierry und sagte, daß das Gepäck fertig sei, wir hatten das Aufnahmegerät und drei Zusatzmikrofone bei uns, mit denen wir versuchen wollten, die Stimme der *Grenouille du sang* aufzuzeichnen. Ich eröffnete ihm, daß wir am nächsten Tag nach Marfranc hinuntergehen würden, um Wasser und Lebensmittel zu holen, außerdem würden wir den Mann, der auf das Auto aufpaßte, dafür bezahlen, daß er die Post nach Port-au-Prince brachte. Thierry sah die verstreuten Papierschnipsel, ich weiß nicht, ob er bemerkte, daß es zerrissene Briefe waren, und ich weiß auch nicht, ob er ahnte, daß ich in diesen Briefen von ihm erzählte.

»Sie haben mir noch immer nicht gesagt, wie man diesen Vogel tötet.«

Als ich das erstemal sah, wie ein Strauß enthauptet zu Boden stürzte, dachte ich, es handle sich um einen leichten und schmerzlosen Tod. Der Kopf rollte zu einer Seite, während die aus dem Rumpf ragenden Eingeweide

190

sich noch einen Augenblick bewegten. Vu Dinh oder Dino, der Vietnamese, der für meinen Vater arbeitete, erklärte mir, daß die Augen des Vogels noch einige Sekunden lang fähig seien, einen Gegenstand zu verfolgen, auch nachdem der Kopf abgeschlagen worden war.

»Einen langen Hals haben sie ja«, kommentierte Thierry. »Es dürfte leicht sein, ihnen den Kopf abzuschneiden.«

Aus den Schalen der unbefruchteten Eier stellte der Vietnamese Ketten her, kerbte Kreuze und manchmal auch Büffelköpfe ein. Auf die Ketten malte er Worte in seiner Sprache, feine Zeichen, die ein bißchen wie Ornamente aussahen, aber die Frau, die die Brutschränke beaufsichtigte, vertraute mir an, daß diese Worte eine Bedeutung hätten und daß sie Verwünschungen wären.

»Hundert Pfund Fleisch«, seufzte Thierry. »Ein Schnitt durch den Hals, und schon hat man hundert gute Pfund.«

In dieser Nacht ließ sich der Frosch nicht vernehmen. Thierry war ungeduldig, konzentrierte sich auf die Geräusche, verbrachte lange Zeit mit dem Ohr am Boden. Dann stand er wieder auf, ging fünfzig Meter weiter und legte sich erneut auf den Boden, scharrte zwischen den Steinen und schüttelte die Büsche.

»Er ist ganz nah«, sagte er, »ich kann ihn riechen.«

Die kleine Amphibie schien uns offensichtlich auch zu riechen. Es war eine lange und langweilige Nacht, Thierrys Ungeduld steckte mich schließlich an, und wir diskutierten flüsternd. Er war zu dem Schluß gekommen, daß sich die *Grenouille du sang* wegen meines Helms versteckt hatte, es war ein bequemer Helm mit integrierter Lampe, aber er behauptete, das zu grelle Licht habe das Tier verscheucht. Er erinnerte sich daran, daß Papa Crapaud nie einen solchen Helm benutzen wollte, unter anderem, weil er auch die Nachtfalter anzog. Er brummelte weiter vor sich hin, bis es langsam hell wurde; ich hatte den Eindruck, er interpretierte die Abwesenheit des Frosches als persönliches Scheitern, und ich versuchte ihm zu erklären, daß sich die Amphibien immer so verhielten, die Stille war für sie ein Mittel zum Überleben, wie für uns auch: Stille und Schweigen, Schweigen und Ratlosigkeit.

Am Morgen kehrten wir zu unserem Lager zurück. Von weitem sahen wir die Silhouetten zweier Personen, die uns vor dem Zelt erwarteten. Es waren Edouard und Sarah, beide hatten den Blick fest auf den Gipfel geheftet, aber sie sahen uns erst, als wir hinter einigen Büschen auftauchten und praktisch direkt über ihnen waren.

»Wir verschwinden«, schrie Edouard. »Sie haben Luc umgebracht.«

Ich ließ ein paar Sekunden verstreichen, während ich überlegte, wer Luc war. Dann fiel mir ein, daß es ihr Führer gewesen war, der Mann, der uns bei unserem ersten Zusammentreffen auf dem Casetaches einen feindseligen Blick zugeworfen hatte.

»Sie haben ihn in Marfranc aufgehängt«, fügte er hinzu. »Jetzt kommen sie uns holen.«

Mein Blick suchte den Thierrys, der sich beeilte, wortlos im Zelt zu verschwinden. Ich begann langsam,

seine Unruhe zu begreifen, seine unerklärliche Beharr-
lichkeit, in genau jener Nacht den Frosch zu finden.
Einer seiner Gefährten aus der Geheimen Gesellschaft
hatte ihm die Warnung zugeflüstert, daß sich auch der
Casetaches binnen kurzem in verbotenes Terrain verwandeln würde. Was Thierry verschwiegen hatte, war das
genaue Datum, an dem die Vertreibung stattfinden sollte, vielleicht morgen, vielleicht innerhalb weniger Stunden oder in den nächsten Minuten. Lucs Tod war eine
Warnung, ein Hinweis darauf, daß wir alle verschwinden
sollten.

»Es fehlten ihm die Füße, sie haben sie ihm an den
Knöcheln abgeschnitten.« Edouard ging auf Thierry zu.
»Warum müssen sie allen Leichen ein Körperteil ab-
schneiden?«

Thierry öffnete den Mund, sein Gesicht war schweiß-
überströmt: »Warum muß ich Ihnen das sagen?«

Wir beschlossen, zusammen nach Marfranc hinunter-
zusteigen, und kamen kurz nach Mittag an. Im Dorf
herrschte Stille, eine unheimliche Stille, und niemand
hob den Blick, um uns anzusehen. Der Himmel war bedeckt, und mir schien, als würde es an einem nicht genau
bestimmbaren Ort donnern, vielleicht in einer anderen
Welt. Lucs Leiche war abgenommen worden, und der
Mann, der auf unser Auto aufpaßte, erbot sich, sie nach
Port-au-Prince zu bringen. Edouard bestand darauf, mit-
zufahren, ich gab ihnen bei der Gelegenheit meine Korrespondenz mit, und die drei fuhren mit dem Renault
los: zwei Lebende und ein Toter, ein toter Mann ohne
Füße.

Thierry irrte auf der Suche nach Informationen durch das Dorf. Sarah und ich blieben wartend in einem namenlosen Café zurück, einer gespenstischen Baracke, in der man nur warmes Bier und hausgemachten *Aguardiente* trinken konnte. Das Lokal war klein, und zu dieser Uhrzeit waren kaum Gäste da: Zwei Männer tranken schweigend an einem Tisch, und ein Paar tanzte nach der Musik eines Radiorecorders. Die Frau war fast noch ein Kind, ich schätzte sie auf zwölf oder dreizehn Jahre, vielleicht weniger, er war ein kurzatmiger und schmutziger Alter, der nach Urin stank und sehr ernsthaft tanzte, mit zusammengepreßtem, runzligem Mund, in dem sicherlich mehrere Zähne fehlten.

Die Männer, die wortlos ihr Bier tranken, betrachteten uns verstohlen, als wir eintraten. Sarah bestellte einen *Aguardiente* und vertrieb sich die Zeit damit, das merkwürdige Paar zu beobachten, die Musik kam in Wellen, es war eine Art französischer Cha-Cha-Cha. Als er zu Ende war, setzte sich der Alte hin, und das Mädchen folgte ihm. Beide bestellten ein Bier und tranken es, ohne ein Wort zu reden, die allgemeine Parole lautete wohl, sich still zu verhalten. Ich blickte Sarah an, die ihrerseits konzentriert ihr Glas betrachtete, ein trübes Glas mit kaputtem Rand.

»Ich bin kurz davor, die *Pereskia* zu finden«, sagte sie. »Ist es möglich, daß sie uns jetzt verjagen?«

»Mich haben sie schon von einem anderen Berg verjagt«, antwortete ich. »Von einem, der sehr nah bei Port-au-Prince liegt, er wird der Berg der verschwundenen Kinder genannt.«

»Niemand hat jemals die weibliche Pflanze gesehen.« Sarah war eine Frau, die von einer einzigen Obsession beherrscht war. »Auch ist nicht bekannt, welche Farbe die Frucht hat, ich zweifle sehr daran, daß sie rot ist.«

»Es war zu Beginn des vergangenen Jahrhunderts«, erzählte ich und schenkte ihr nach, »als eine weiße Hexe nach Port-au-Prince kam, sie war sehr blaß, und man sah sie Blut spucken. Ich bin sicher, daß sie an der Bluterkrankheit litt, aber sie verwandelte sich in einen *Loup garou*, eine Art Vampir. Sie errichtete eine Kommune auf dem Berg, holte sich fünfzig oder sechzig Waisenkinder und lehrte sie ihre Magie. Niemand schritt ein, niemand kümmerte sich um diese Kinder; gelegentlich kamen sie von dem Berg herab, spazierten in Grüppchen durch die Stadt, die Leute hatten Angst vor ihnen bekommen, denn die Kinder waren menschenscheu, unberechenbar und ziemlich verrückt geworden.«

Sarah betrachtete wieder den Alten: Das Mädchen umarmte ihn, küßte ihn auf die Stirn und streichelte ihm übers Haar. Der Gestank drang bis zu uns. Der Mann reagierte nicht, machte nur Kaubewegungen mit seinem runzligen Mund.

»In der Gruppe waren auch ein paar Mädchen. Nach und nach wurden sie alle schwanger, und einige wurden auf der Straße ohnmächtig, aber niemand half ihnen, in Port-au-Prince hatten sie mehr Angst vor den Mädchen als vor den Jungen.«

Das Mädchen suchte die Lippen des Alten und küßte sie. Ich hätte nie gedacht, daß ein fremder Kuß so abstoßend auf mich wirken könnte, es gab ein versehentliches Knacken, ein Speichelfaden hing einen Moment lang zwischen beider Lippen.

»Eines Nachts wurden mehrere Feuerstellen auf dem Gipfel entdeckt, danach wurde nie wieder eines der Kinder gesehen. Die Hexe kam nach Port-au-Prince herunter und bestieg das nächste Schiff nach Frankreich. Niemand hielt sie auf, niemand fragte sie nach den Kindern. Der Berg hieß damals anders, aber von dem Moment an nannten sie ihn Mont des Enfants Perdus.«

Sarah wollte mich gerade etwas fragen, als sie innehielt und zur Tür zeigte. Dort stand Thierry und sah zu uns hinüber, ganz steif und betrübt. Ich stand auf und ging zu ihm.

»Mein Bruder Paul ist nicht aufgetaucht«, sagte er. »Carmelite und Mireille konnten nicht nach Bombardopolis fahren.«

Ich forderte ihn auf, sich zu uns zu setzen. Die beiden Männer, die schweigend getrunken hatten, erhoben sich und gingen; der Alte hing benommen oder betrunken über dem Mädchen. Auch sie wirkte etwas benebelt und blickte mit ihren großen, halbgeschlossenen Augen ins Leere.

»Wenn Paul nicht auftaucht, muß er tot sein.«

Auch Thierry roch nach Schweiß, er befeuchtete sich mit der Zungenspitze die Lippen, und ich dachte, er würde ein Bier bestellen. Aber er nahm einen *Aguardiente*, bestellte sogar einen doppelten, ein großes Glas voll, das er sich zitternd an die Lippen führte und hinunterstürzte wie Wasser.

»Wenn sie gehen wollen«, sagte er ganz langsam,

»dann sollten sie es jetzt tun. Cito Francisque, derselbe, der den Berg der verschwundenen Kinder gesäubert hat, kommt her, um den Casetaches zu säubern.«

Sarah blickte zur Decke hoch, betrachtete die morschen Wände, konzentrierte sich dann wieder auf ihr Glas und tat so, als wäre der Hinweis nicht für sie bestimmt gewesen.

»Wenn sie nicht gehen, weiß ich nicht, was ihnen passieren wird. Kann sein, sie lassen sie leben, kann sein, sie töten sie und reißen sie in Stücke. Je nach dem Teil, das sie ihnen abreißen, wird man wissen, welche Seite sie ermordet hat.«

»Ich glaube nicht, daß sie uns umbringen«, stammelte Sarah. »Sie werden uns runterschicken und basta. Man muß abwarten. Was tun wir denn da oben Schlimmes?«

Das Mädchen, das neben dem Alten saß, stand auf, um sich noch etwas zu trinken zu holen, und schlenderte dann eine Weile zwischen den Tischen umher, als würde es sie Überwindung kosten, sich hinzusetzen. Ich betrachtete sie vorsichtig, es war eine geschmeidige und muskulöse Schwarze, die harte Arbeit gewöhnt war. In dem Moment wandte sie ihre Aufmerksamkeit mir zu und überraschte mich dabei, wie ich sie ansah, und für einen Augenblick schien sie zu glauben, ich interessierte mich für sie. Aber dann bemerkte sie Sarah, eine weiße, schlechtfrisierte Frau neben einem weißen, verwirrten und müden Mann. Sie dachte, wir wären ein Paar, und wandte den Blick ab, sie war daran gewöhnt zu verlieren.

»Steigen Sie hinauf, wenn Sie wollen«, sagte Thierry. »Aber gehen Sie schnell, je schneller, desto besser.«

Sein Tonfall und die Distanz, die er an den Tag legte, beunruhigten mich. Ich hatte den Eindruck, daß er nicht mehr mit uns hinaufsteigen würde, möglicherweise hatte er beschlossen, in Marfranc zu bleiben oder nach Jérémie zurückzugehen und herauszufinden, wo sein Bruder Paul verblieben war oder was sie mit ihm gemacht hatten. Vielleicht würde er auch Carmelite und Mireille in Sicherheit bringen wollen, vielleicht würde er mit ihnen nach Bombardopolis fliehen.

»Ich verstehe nicht, daß Sie hierbleiben wollen«, sagte Thierry nachdenklich und bemerkte auf einmal das Mädchen, das zu dem Alten zurückgegangen war und uns irgendwie traurig ansah. »Allerdings heißt es, daß die Leute nicht da sterben, wo sie sterben wollen, sondern da, wo sie sterben müssen, wo der Totengeist sie erwischt.«

Die Musik aus dem Radiorecorder ertönte erneut, wieder war es ein französischer Cha-Cha-Cha, mit einem eingängigen Refrain: »*Je t'en pris ne sois pas farouche, quand me vient l'eau à la bouche.*«

»Wir bleiben«, sagte ich zu Thierry und legte ihm die Hand auf die Schulter. »Wenn du nach Port-au-Prince zurückwillst, kann ich das verstehen.«

Er schwitzte nicht mehr. Die *Aguardiente* gab ihm die Ruhe zurück, und ruhig, wie er nun war, warf er mir einen so trüben Blick zu, als würden wir alle untergehen.

»Ich werde im voraus kassieren und mit Ihnen hinaufsteigen, aber ich weiß nicht, wie wir wieder herunterkommen.«

»Mit der *Grenouille du sang*«, sagte ich. »Wir werden mit ihr herunterkommen. Und wenn wir lebend nach

Port-au-Prince gelangen sollten, schenke ich dir einen Strauß, das schwöre ich.«

»Den Vogel«, murmelte Thierry.

Sarah nahm einen großen Schluck von dem Feuerwasser und lächelte zum erstenmal seit langer Zeit richtig, es war ein schönes, sorgenvolles Lächeln.

»Sagtest du, einen Strauß?«

★

1992 verschwanden in Parque Nacional Cusuco in Honduras vier weitere Froscharten.

Bei *Eleutherodactylus milesi, Hyla soralia, Plectrohyla dasypus* und *Plectrohyla teuchestes,* deren Populationen in dieser Region äußerst zahlreich gewesen waren, hatte es nie zuvor Anzeichen dafür gegeben, daß das Habitat gefährdet oder ihre Zahl im Abnehmen begriffen war.

Die Frösche verschwanden, ohne Spuren zu hinterlassen, und es konnte in den unzähligen Wasserressourcen am Ort nicht eine einzige Kaulquappe der vier Arten gefunden werden.

Die Biologen unterstrichen den »unerklärlichen und katastrophalen Charakter« dieses Verschwindens.

Cité Soleil

Ich belog Blanche, sagte ihr, Frou-Frou sei die Frau, die mich nach dem Tod meiner Mutter großgezogen habe. Blanche glaubte das, denn man traute Frou-Frou nichts anderes zu, sie war ausgemergelt und sah nicht mehr so aus wie früher. Als wir nach dem Begräbnis von Julien den Friedhof verließen, nahm sie meine Hand und bat mich, sie weit weg zu bringen, sie an irgendeinen schönen Ort zu bringen, an den sie sich in der Stunde ihres Todes erinnern konnte. Sie war nie aus Jérémie weg gewesen, das einzig Schöne, woran sie sich erinnerte, waren die Festessen bei meiner Familie, und selbst die endeten übel. Deshalb wollte ich sie nach Port-au-Prince mitnehmen. Ich bat Carmelite, ihr einen Koffer zu packen, und wir reisten mit dem Schiff.

Le Signe de la Lune, das große, neugestrichene Schiff, mit dem ich gereist war, um Papa Crapaud zu treffen, existierte nicht mehr, ich weiß nicht, ob es untergegangen oder nach Cayes gebracht worden war, von Cayes legten die Schiffe ab, die Passagiere aus Jacmel beförderten. Damals gab es nur einen einzigen Postdampfer, er hieß *Yankee Lady* – ich achte immer auf die Namen der Schiffe und frage mich, warum sie die wohl bekommen haben –, ein ramponiertes Schiff, das viel Krach machte und aussah, als würde es nie irgendwo ankommen. Das

Stück Meer zwischen Jérémie und Port-au-Prince hat eine andere Farbe als die Meere, die ich kenne, es schäumt anders, hat nur wenig blaßgelben Schaum, der wie Schaum von Urin oder von schlechtem Bier aussieht.

Frou-Frou und ich bestiegen das Schiff sehr früh, die, die später kamen, mußten die Überfahrt an die Deckbalken geklammert oder auf dem Deck oder im Laderaum verbringen, einer Hölle ohne Fenster, wo es nach Tieren stank. Die Händler, die mit ihren Waren nach Port-au-Prince fuhren, bezahlten etwas mehr, um oben reisen und unten ihre Ziegen anbinden zu können, Hühnerkäfige abzustellen oder ein paar braune Schweine unterzubringen; diese Tiere waren alle miteinander zusammengepfercht, und mit ihnen reisten ein paar Christenmenschen, die keine bessere Unterkunft gefunden hatten.

Wir stiegen ein und machten es uns auf zwei Stühlen bequem, von denen aus man aufs Meer sehen konnte. Frou-Frous Koffer stand neben mir. Sie trug weiße Schuhe, hatte sich ein gebügeltes Kleid angezogen und ein blaues Hütchen aufgesetzt, von dem ein Stück Stoff herabhing, der ihr halbes Gesicht bedeckte, es war ein durchsichtiger Stoff, und ich konnte ihre Augen sehen. Statt dem schwarzen Täschchen, das sie beim Begräbnis getragen hatte, hatte sie jetzt eine große Tasche mit ihrem daraufgestickten Namenszug dabei, die sie sich auf den Schoß stellte.

Wir schwiegen lange, ich nahm ihre Hand und sagte, daß ich wollte, daß sie in Port-au-Prince das große und berühmte Hotel sah, in dem ich Papa Crapaud kennengelernt hatte, und daß sie dort ein grünes Piano hätten und daß abends eine Frau namens June singe und sich dabei auf dem grünen Piano die Schuhe abstreife. Frou-Frou fragte mich, ob ich in Port-au-Prince eine Frau zurückgelassen hätte, und ich erzählte ihr von Maude, unserem verstorbenen Jungen und von unserer kleinen Tochter, die Yoyotte hieß. Eine kleine, vorwitzige Tochter, die immer krank war. Später erzählte ich ihr von Suzy, der Krankenschwester, die einige Dinge konnte und andere nicht, aber im Hospital von Port-au-Prince alles tun mußte. Daß Julien sie mir eines Abends ausgespannt hatte, erwähnte ich nicht, die Toten soll man ruhen lassen. Zum Schluß gestand ich ihr, daß von allen Frauen, die ich kennengelernt hatte, Blanche diejenige sei, die ihr am ähnlichsten wäre. In ihrem Haus würden wir bleiben, ich erklärte ihr, daß ich keine eigene Unterkunft hatte, weil mein Leben seit der Trennung von Maude ziemlich planlos verlaufen sei. Einige Zeit hatte ich in Jean Leroys Loch verbracht, dann hatte ich in dem Haus gewohnt, in dem Suzy mit ihrer Mutter lebte, und als es mit Suzy aus war, wieder bei Jean Leroy. Jetzt wohnte ich bei Blanche und dachte, daß die beiden sich gut verstehen würden.

»Weiß sie, daß du mit mir geschlafen hast?«

»Sie weiß, daß du wie eine Mutter für mich bist.«

Frou-Frou hob den Schleier ihres Hütchens und sah mich zornig an.

»Männer vögeln nicht mit der eigenen Mutter.«

Sie ließ den Schleier wieder fallen und sah aufs Meer hinaus. Es hatten noch andere Schiffe und ziemlich viele Boote neben der *Yankee Lady* angelegt, ein nackter Mann putzte mit Kübeln voller Wasser das Deck eines der Boote. Frou-Frou betrachtete ihn, der Mann hatte Arme, so lang wie lebende Schlangen, und einen Kopf, so rund wie eine Schildkröte, der zu klein war für seinen grobschlächtigen Körper. Nach einer Weile sahen wir ihn im Profil, wie er gerade ins Meer pinkelte.

»Was mir früher am meisten gefallen hat«, sagte Frou-Frou, »war, den Männern beim Pinkeln zuzusehen.«

Ich schwieg. Der Mann auf dem Boot schüttelte seinen Schwanz und machte mit dem Putzen weiter.

»An dem Abend, als dein Vater dir befal, auf den Casetaches zu steigen, sah ich einen Mann pinkeln und geriet außer mir.«

Ich sah auf die entgegengesetzte Seite zum Anlegeplatz und zu den Händlern, die nach und nach mit ihren runden Körben eintrafen. Das Schiff füllte sich mit Passagieren. Vor uns nahm eine Frau mit ihren Kindern Platz.

»Es war der Mann aus Port-au-Prince, der mit dem Ausländer gekommen war. Am frühen Morgen hörte ich draußen Geräusche und beugte mich zum Fenster hinaus; ich dachte schon, daß er es war, ging mit der Lampe hinaus, und da stand er direkt vor mir und benetzte das Gras. Er bat mich, die Lampe auszumachen, und ich durfte sie erst wieder frühmorgens anzünden, als ich dich weckte, damit du auf den Casetaches steigen konntest.«

Ich holte mit offenem Mund Luft, manchmal muß man die Luft so einatmen, alles schlucken, was dringeblieben ist. Eines der Kinder uns gegenüber, ein

Mädchen, begann zu husten. Mir fiel meine Tochter Yoyotte ein.

»Der Ausländer und der Mann aus Port-au-Prince spazierten den ganzen Tag durch Jérémie. Du warst immer noch oben und hast die Verrückte vom Casetaches gesucht, und dein Vater war weit weg, in Saint-Louis du Sud, irgend jemand hatte dort einen Auftrag für ihn. Als es dunkel wurde, aßen deine Geschwister und ich mit diesen Männern zu Abend. Der Ausländer wollte nicht mit uns reden und legte sich auf seine Pritsche, aber der aus Port-au-Prince blieb noch ein Weilchen und spielte mit Julien. Im Morgengrauen kam er zum Bett deines Vaters und legte sich zu mir, ich sagte ihm, daß dein Vater sehr früh zurückkommen könnte, und da schlug er vor, wir sollten hinausgehen. Wir gingen hinaus, und ich bat ihn zu pinkeln, um zuschauen zu können. Er fragte mich, ob ich nicht mit ihm nach Port-au-Prince kommen wollte, dort könnte ich ihn jeden Tag pinkeln sehen. Am Morgen kam dein Vater zurück und legte sich ins Bett, das Bett war kalt, weil ich die Nacht unter freiem Himmel verbracht hatte. Er kam nach Hause und wollte vögeln, und deshalb konnte ich nicht mit nach Port-au-Prince gehen.«

Die Schiffsirene ertönte dreimal, aber es stiegen immer noch Leute ein, sie schubsten sich und blieben hängen, einen Fuß am Anleger und den anderen auf der Laufplanke, und sie riefen sich Schimpfworte zu. Eine Henne fiel ins Wasser, und ein Mann sprang hinterher, um sie zu retten, er erwischte sie, aber sie war halb tot, schnappte nach Luft und troff von Öl. Frou-Frou mochte ausgemergelt sein und nicht mehr so aussehen wie früher, aber ihre Lippen waren noch wie immer, sehr üppig und sehr stark geschminkt. Ich spürte meinen Zorn und den meines toten Vaters, weil der Haitianer aus Port-au-Prince sie gevögelt hatte, wie es ihm gefiel. Und darüber hinaus hatte der Ausländer ihn mit seinen guten *Gourdes* dafür bezahlt, daß er sich mit meinem Vater verständigen konnte.

»Dein Vater vögelte mit allen. Wußtest du, daß er mit deiner Mutter und mit Yoyotte Placide vögelte und die beiden sich das später erzählt haben?«

Ich bejahte mit einem Nicken. Frou-Frou hatte angefangen zu schwitzen, ich sah die Schweißperlen in ihrem Gesicht und fragte sie, ob sie keinen Fächer dabeihabe. Sie öffnete ihre Tasche, zog einen ganz alten Fächer heraus, den mit dem Gesicht von Papa Doc auf der einen und der Landkarte auf der anderen Seite, und gab ihn mir, aber statt mich zu fächeln, begann ich sie zu fächeln.

»Eines Tages kam der Vater von Carmelite. Du warst mit Papa Crapaud Frösche suchen. Dein Vater war wie immer in Bombardopolis. Ich war allein zu Hause, allein mit Carmelite, und ihr Vater kam, um zu sehen, ob es stimmte, daß ich mit Thierry Adrien zusammenlebte. Er blieb eine Weile und bat um ein Glas Wasser. Dann schickte er Carmelite Zigaretten holen und zwang mich im Bett deines Vaters, mit ihm zu schlafen, er wollte, daß wir es dort taten. Ich sagte ihm nicht, daß dein Vater jeden Moment zurückkommen könnte, denn was ich wollte, war, daß er kam und ihn ein für allemal erledigte. Aber dein Vater kam nicht, der andere machte fröhlich weiter und stand dann auf, um eine der Zigaretten zu rauchen, die ihm Carmelite geholte hatte.«

Die Hitze ließ nach, kaum daß wir aufs offene Meer hinausfuhren. Frou-Frou hörte auf zu reden, und das Kind vor mir erbrach sich auf den Rock seiner Mutter. Auch ich wollte mich übergeben, ich stand auf und ging an die Reling, beugte mich darüber und spuckte den Frühstückskaffee aus. Als ich zurückkam, gab mir Frou-Frou ein Taschentuch, damit ich mir die Lippen säubern konnte.

»Einmal habe ich dich pinkeln gesehen. Du hast gepinkelt und dabei nachgedacht.«

Ich gab ihr das Taschentuch zurück. Frou-Frou lächelte.

»Das war nach dem Tod deines Vaters. Deshalb habe ich gesagt, daß ich dir die Wäsche waschen würde.«

Ich lächelte auch und legte ihr einen Arm um die Schultern. Wir wirkten wie Mann und Frau. Ein Mann mit einer Frau, die seine Mutter hätte sein können.

»Du warst der letzte, den ich pinkeln gesehen habe.«

Sie hob den Kopf, um mich anzuschauen, und ich küßte sie auf den Mund, auf diese Lippen, die, einerlei, wie hager sie auch war, noch immer voll und dunkelviolett waren.

Am Spätnachmittag kamen wir in Port-au-Prince an und gingen ins Haus von Blanche. Die beiden Frauen verstanden sich von Anfang an, redeten viel über mich, und das gefiel mir. Nachts schlief ich bei Blanche, wohl wissend, daß Frou-Frou auf der anderen Seite der Trennwand lag, versuchte, keinen Lärm zu machen, und Blanche, die eine anständige Frau war, machte auch keinen. Eines Nachmittags sagte ich zu beiden, sie sollten sich hübsch machen, weil wir auf ein Glas ins Hotel Oloffson gingen. Blanche fragte, ob ich sicher sei, daß sie uns reinlassen würden, und ich erklärte ihr, daß mich dort alle aus der Zeit mit Papa Crapaud kannten. Frou-Frou sah an diesem Tag weniger ausgemergelt aus, sie zog sich ein anderes gebügeltes Kleid an, und wir spazierten bis in die späte Nacht hinein durch die Straßen von Port-au-Prince. Als wir nach Hause zurückkehrten, wollte Blanche noch eine Flasche öffnen, ihr war schwindlig, und sie wollte, daß dieses Schwindelgefühl noch andauerte. Frou-Frou sagte mit schwerer Zunge, daß sie mir etwas sagen wolle, da sie jeden Tag sterben könne und ich dieses Geheimnis wissen sollte. Mir brach der kalte Schweiß aus, und ich sah Blanche an, ich befürchtete, daß Frou-Frou von uns reden würde, aber es war nicht ihr Geheimnis, sondern das ihrer Tochter Carmelite. Das Mädchen, das Carmelite mit Jean-Pierre hatte, diese Mireille, die schon von Geburt an so schwächlich war, stammte nicht von Jean-Pierre, sondern von meinem Bruder Paul.

»Das ändert gar nichts«, antwortete ich sehr erleichtert. »Sie ist so oder so meine Nichte.«

»Eines Tages wird man es ihm sagen müssen«, beharrte sie. »Ich möchte, daß du es deinem Bruder sagst.«

Ich versprach ihr, es zu tun, obwohl nie ganz klar war, welchem Bruder ich was sagen sollte. Zum Schluß lachten wir und tranken weiter, um dieses Durcheinander zu begießen.

Blanche arbeitete auch als Schneiderin und hatte viel freie Zeit, deshalb ging sie manchmal mit Frou-Frou aus, führte sie spazieren, während ich bei der Arbeit war, sie kauften Stoffreste und tranken hier und da ein Bier. Beide zusammen nähten mir ein Hemd in der Farbe der *Grenouille du sang*, ich hatte schon immer ein rotes Hemd haben wollen.

In der Nacht, bevor Frou-Frou nach Jérémie zurückkehrte, gingen wir zum Abschiedfeiern in den Samedi Night Club. Er war nicht mehr so elegant, nicht einmal der Boulevard Allègre war so belebt wie früher. Die Spiegel in der Bar waren kaputt, und die Gäste waren anders. Ich hütete mich, Julien zu erwähnen, es gibt Tote, die nicht ruhen können. Ich tanzte eine Weile mit Blanche, und sie, die eine gute Frau war, forderte mich laut auf: »Tanz auch mit deiner Mutter.« Ich legte den Arm um Frou-Frou, genauer gesagt, ich legte den Arm um ihre Knochen, aber selbst diese Knochen erinnerten mich an etwas. Sie spürte es und fragte mich, warum ich nicht mit nach Jérémie zurückkäme, ich drückte sie noch etwas fester an mich und antwortete ihr, der Ort sei nichts mehr für mich. Am nächsten Tag erlaubte ich Blanche nicht, uns zum Hafen zu begleiten. Mit der Entschuldigung, einen guten Platz auf dem Schiff erwischen zu wollen, verließ ich mit Frou-Frou früh das Haus und brachte sie nach Cité Soleil in die Höhle von Jean Leroy, die gerade leer war.

»Ich wußte, daß wir nicht zum Schiff gehen würden«, sagte Frou-Frou. »Meinst du, ein Mann vögelt mit der eigenen Mutter?«

Die Knochen einer Frau ändern sich nicht. Die eines Mannes auch nicht. Mit den Knochen machten wir es an diesem Tag, sie waren es, die aus dem Körper heraus-wollten, um sich miteinander zu verbinden und dort zu sterben. Und dort starben sie: Frou-Frou bewegte sich nicht, ich konnte mich auch nicht bewegen, aber ich mußte es tun. Sie nahm meinen Arm und fragte mich, ohne die Augen zu öffnen, wohin ich ginge.

»Ich muß pinkeln.«

Sie hielt mich fester, sie hatte einen Mund, der nichts brauchte, und mit diesem Mund befahl sie mir: »Tu es hier.«

Als wir fertig waren, hatten wir immer noch genügend Zeit, um an Bord zu gehen, und sie wollte los. Ich ver-sprach ihr, sie in Jérémie zu besuchen, und ich tat es oft, bis sie so alt war, daß sie anfing, mich mit meinem Vater zu verwechseln und mich nach Claudine, meiner Mutter, und ihren fünf Kindern fragte, das heißt, nach mir und meinen Geschwistern. Nach Julien fragte sie nie, ich glaube, sie hatte ihn aus ihrer Seele verbannt.

Mit Blanche bekam ich ein drittes Kind. Es war ein Junge, und wie der erste starb auch er, und das zweite Kind, meine arme Tochter, würde auch sterben, das dachte ich schon lange, bevor ich ihr einen Namen gab. Blanche wollte ihn Thierry nennen, und ich sagte, daß dieser Name Unglück bringe. Da wollte sie ihn Henri nennen, nach ihrem Vater, aber der Alte hatte schon so viele Gebrechen, und ich wollte nicht, daß mein Sohn mit diesem Namen auch die Krankheiten erben würde. Ich nannte ihn Charlemagne, ein Name, der mir immer

als ein Männername erschienen war, so hieß der Halbbruder von Yoyotte Placide, der in Gonaïves Gift herstellte.

Eines Nachts, kurz nachdem Charlemagne geboren
war, ließ mich Maude holen, weil unser Töchterchen,
ebendiese Yoyotte, mit noch nicht einmal vier Jahren im
Krankenhaus in Port-au-Prince gestorben war. Blanche
begleitete mich auf die Beerdigung, und dort lernte ich
den neuen Mann von Maude kennen, er schien mir ein
rechtschaffener Mann zu sein, aber ich gab ihm nicht
die Hand. Man gibt einem Mann, der den Teller be-
schmutzt, von dem man einmal gegessen hat, nicht die
Hand, so rechtschaffen er auch sein mag.

Lange Zeit später schwängerte ich Blanche erneut, die
dann aufhörte zu schneidern. Sie bekam einen großen
und steil aufgerichteten Bauch, und ich glaubte schon,
sie würde Zwillinge gebären; die Hebamme sagte, es
könnten sogar drei sein, aber Blanche war schon zu alt,
um so viele Kinder zur Welt zu bringen. Zwei Tage, bevor die Zwillinge zur Welt kamen – einer überlebte, der
andere wurde tot geboren –, ließen mich die von der Gesellschaft holen und befahlen mir, einen Mann zu töten.
Da ich gezeichnet war, mußte ich gehorchen. Der Mann
hieß Paul Marie, und ich erledigte ihn mit einem Messer.
Etwas anderes benutzt man nicht, um die Rechnungen
der Gesellschaft zu begleichen. Mit Blut opfert man, und
mit Blut kommt man zur Welt. Ich habe mich sehr verändert, nachdem ich getötet hatte. Dadurch verändert
sich ein Mann.

Frühstück bei Tiffany

Sarah suchte ihre Bündel zusammen und ließ sich bei uns nieder, wir würden uns ein Zelt teilen. Sie war nicht sicher, ob Edouard zurückkommen könnte. Thierry hatte gehört, daß die Wege von Jérémie nach Marfranc blockiert waren, überall waren Soldaten postiert, die die Durchfahrt verwehrten, die Soldaten rückten zum Berg vor und würden jeden Moment mit dem Aufstieg beginnen. Wir schätzten, daß wir noch Vorräte für vier oder fünf Tage hatten, in dieser Zeit müßten wir in meinem Fall den Frosch und in Sarahs Fall den Kaktus gefunden haben, ihr weibliches Exemplar der *Pereskia quisqueyana*, jenes merkwürdige Mädchen, das sich in irgendeiner Ecke des Casetaches versteckte.

Sie stand nach wie vor im Morgengrauen auf, zu dem Zeitpunkt, an dem wir zu unserem Lagerplatz zurückkehrten. Zwei Tage lang trafen wir uns zum Frühstück mit Nescafé und Keksen sowie zum Abendessen, zu dem wir Fladen aus Maniokmehl und Ölsardinen aßen. Ich war dankbar dafür, daß es Ölsardinen waren. Sardinen in Tomate mag ich nicht. Die hatte der Vietnamese auf der Farm meines Vaters fast täglich gegessen – Dino, Vu Dinh, der unentbehrliche Chinese –, egal, was ihm zum Essen vorgesetzt wurde, Dino öffnete eine Dose Sardinen. Im Sommer setzten wir uns gemeinsam an den

Tisch in der Galerie, die zu den Gehegen hinausging, mein Vater aß immer zusammen mit dem Personal, und ich gesellte mich während der Ferien zu ihnen. Leider war das Essen nicht sehr abwechslungsreich: Straußenfilet mit Gemüse, geschmorter Strauß mit Zucchini, Möhrenkuchen und Straußenfleisch. Niemals Hähnchen oder Fisch, niemals Rindfleisch. Was die Farm betraf, gönnte mein Vater den Konkurrenten keine Ruhe. Unfaire Konkurrenten, behauptete er, die das mangelnde Vorstellungsvermögen der Verbraucher ausnutzten.

Die Blondine, die von den Brutschränken, setzte sich neben Vu Dinh und stibitzte ihm eine Sardine. Es gab einen rothaarigen Jungen, der freiwillig stumm war und bei der Reinigung der Gehege half; er setzte sich immer neben mich. Dann war da noch der Alte, der das Lager betreute, und die beiden Männer, zwei Brüder, die sich zusammen mit meinem Vater um die grobe Arbeit kümmerten: die erwachsenen Vögel zu füttern, ihnen dreimal am Tag das Wasser zu wechseln und sie, wenn nötig, festzubinden, sie niederzuzwingen, damit der Tierarzt ihren Hals, ihren Schnabel, einen nicht ganz stabilen Fuß und natürlich ihren Kropf untersuchen konnte. Vom Kropf des Vogels konnte man alles mögliche erwarten.

»Moment mal«, flüsterte Thierry. »Wenn Gott will, ist er es.«

Es war unser dritter Tag auf dem Berg, der dritte der letzten Expeditionsrunde, es würde keine weitere geben. Wir waren gerade vom Lager aufgebrochen, waren erst zwanzig Minuten gelaufen und befanden uns in einer Gegend, die wenig geeignet war für die Vermehrung irgendeines Frosches, schon gar nicht für die *Grenouille du sang*. Es handelte sich um einen ziemlich trockenen Abhang ohne Gräser oder Bromelien, und ich dachte, daß Thierrys dringender Wunsch, die Suche zu beenden, ihn schon halluzinieren ließ.

»Wenn Gott will...«

Der Nachmittag neigte sich dem Abend zu, aber es war noch hell genug, ein Licht wie zerlassene Butter, die langsam zwischen den Bäumen herabtropfte und sich bereits flüssig auf der Erde staute.

»Ich kann ihn riechen«, bemerkte Thierry erneut. »Wir sollten warten, bis es dunkel wird.«

»Er kann unmöglich hier sein«, sagte ich. »Das ist nicht die richtige Vegetation. Wir sollten besser höher steigen.«

»Es hat sich vielleicht verirrt, aber es ist das Teufelstier. Ich habe es gehört, Monsieur.«

Ich lehnte mich an einen Busch und mußte nach den Ölsardinen aufstoßen. Im Sommer nach unserer Verlobung hatte mich Martha auf die Farm begleitet, sie blieb kaum zehn oder vierzehn Tage und half mir, die Straußeneier zu reinigen. Sie seifte sie ein und bürstete sie sehr geschickt und sagte zu mir, es komme ihr vor, sie wasche nicht Eier, sondern Teller. Die Frau von den Brutkästen, die tüchtige Blondine, nahm Martha nicht zur Kenntnis. Sie gab mir die Anweisungen, damit ich sie Martha weitergeben konnte, sie sah in Martha einen Eindringling, die typische oberflächliche Studentin, die, hinter dem Schwanz ihres Verlobten her, auf die Farm mitgekommen war. Dieser Ausdruck ist nicht von mir, mein Vater benutzte ihn nach Marthas Abreise. Er zeigte mir den Zeitungsausschnitt, in dem unter der Rubrik »Verlobungen« unser Bild war, und fragte mich, ob ich mich deswegen nicht schämte. Ich antwortete, daß mir das egal sei. Marthas Großmutter war sehr auf Kleinigkeiten bedacht und hatte es übernommen, ein Foto und eine kleine Meldung an die Zeitung zu schicken, und so kamen wir in den Genuß, zusammen mit anderen Paaren, die im nächsten Sommer heiraten wollten oder gerade geheiratet hatten, auf den Gesellschaftsseiten zu erscheinen.

»Wir sollten weitergehen«, flüsterte ich Thierry zu, der sich auf den Bauch gelegt hatte, das Kinn auf die Erde gestützt und die Augen auf keinen konkreten Punkt geheftet, alle seine Sinne auf sein tiefschwarzes rundes Ohr konzentriert. »Er kann nicht hier sein«, fügte ich hinzu. »Wo sollte er stecken?«

Die ganz jungen Frösche verlaufen sich gelegentlich oder gehen verloren; sie zeigen sich unter gefährlichen Bedingungen, weil sie keine Arglist kennen. Bei fast allen Amphibien ist die Fähigkeit, sich zu schützen und zu verstecken, ein angelerntes Verhalten. Die wenigen *Grenouilles du sang*, die auf der Welt übriggeblieben waren, wenn denn überhaupt noch welche existierten, mußten logischerweise erwachsen sein. Und es ergab keinen Sinn, daß ein erwachsenes Exemplar sich so waghalsig verhalten würde.

»Wenn Gott will, Monsieur...«

Ich weiß nicht, ob er in seinen Gebeten seine »Mysterien« anflehte, seine *Loas*, seine unergründlichen nächtlichen Götter, ihm den Frosch in den Weg zu legen. Ich beschloß, noch eine halbe Stunde zu warten, nicht eine Sekunde mehr. Es blieben uns nur noch jene Nacht und die folgende, wenige Stunden, um uns vom Casetaches zu verabschieden, und wenn wir uns dort verabschiedet hätten, gab es keinen weiteren Ort, an dem wir suchen konnten. Wir würden uns auch von Haiti und dem *Eleutherodactylus sanguineus* verabschieden. Vaughan Patterson anzurufen würde das Schwierigste sein. Herpetologen verstehen bestimmte Dinge nicht. Patterson konnte man von nichts anderem als von Amphibien erzählen, er verachtete die Kollegen, die in seiner Gegenwart von etwas so Vulgärem, so Unnötigem und so Banalem wie einem freien Lehrstuhl an der Universität, dem Geburtstag eines ihrer Kinder, der Krankheit des Vaters sprachen. Wenn es mir nicht gelingen würde, den Frosch zu fangen, was sollte ich ihm sagen, wenn ich ihn in seinem Labor in Adelaide anrufen würde, wie ihm erklären, daß Haiti nicht einfach nur ein Ort war, ein schlichter Name, ein Berg mit einem überlebenden Frosch? Wie sollte ich ihm von Cito Francisque erzählen, dem Mann, der mich mit Schlägen vom Berg der verschwundenen Kinder vertrieben hatte? Wie ihm von den Tieren berichten, die sie bei lebendigem Leib ins Feuer warfen, von dem Staub und dem Gestank, diesem scheußlichen, unvorstellbaren, unbekannten Gestank? Wie ihm die Straßen beschreiben, die offenen Abwasserkanäle, den menschlichen Kot mitten auf den Fußwegen, die Leichen im Morgengrauen, die Frau ohne Hände, den Mann ohne Gesicht? Wie sollte ich es schaffen, dem an Leukämie sterbenden Patterson, dessen Leben am seidenen Faden der Neugier, der Gewissenhaftigkeit, der wissenschaftlichen Leidenschaft hing, die ihn an diesen Frosch band, verständlich zu machen, daß Luc, der Führer der Botaniker, ohne seine Füße beerdigt wurde und daß Paul, Thierrys Bruder, wahrscheinlich irgendwo verfaulte und daß seiner Leiche ein Körperteil fehlte? Wie konnte ich ihm begreiflich machen, daß Haiti, großer Gott, seinem Ende entgegenging, daß dieser Steilhang voller Knochen, deren Haufen vor unseren Augen immer größer wurde, höher als die Bergspitze des Tête Bœuf, alles war, was übrigbleiben würde?

»Es ist das Teufelstier«, sagte Thierry mit erstickter Stimme, »gehen Sie runter und sehen Sie selbst...«

Er machte seine Laterne an, ich meine jedoch nicht. Ich ließ mich von dem Lichtstrahl führen, den seine Laterne warf, und begann, mich geräuschlos vorwärts zu bewegen, rollte auf den Ellbogen vorwärts und atmete so wenig wie möglich, ohne den Kopf abzustützen.

»Sehen Sie ihn?«

Das Licht verweilte vor einem kleinen Stamm, an seinem Fuß waren ein Stein und ein paar Gräser. Ich richtete mich auf, um besser zu sehen, und erstarrte.

»Sagen Sie mir, daß ich nicht träume«, stotterte Thierry, »denn ich sehe ihn.«

Der Frosch saß mit dem Rücken zu uns, ich sah seine feurige Rückseite und konnte deutlich die Beine erkennen, die Zehen, die etwas heller waren als der restliche Körper. Wie er so unbeweglich dahockte, sah er aus wie eine Art Giftkapsel, wie eine Frucht, wie ein leuchtendes kleines Weichteil.

»Sagen Sie es mir, Monsieur.«

Ich befahl ihm, weiterzugehen, jetzt durfte er die Laterne nicht mehr ausmachen, der Frosch konnte einen Satz machen und verschwinden, wir mußten ihn ansehen, bis uns die Augen brannten, ihm wohin auch immer folgen, sterben, wenn es nötig wäre, um ihn nicht zu verlieren. Die *Grenouille du sang* bewegte eines ihrer Hinterbeine, rührte sich aber sonst nicht.

»Er ist bestimmt krank«, flüsterte Thierry.

Wir befanden uns fast über ihm und sahen, wie er einen kleinen Satz machte, doch er entfernte sich damit nicht aus unserem Blickfeld. Er war nun von der Seite zu sehen, das Licht fiel nur flüchtig auf ihn und ließ den silbrigen Halbmond des einen Auges aufleuchten. An seiner Erscheinung bewegte mich weniger die leuchtende Farbe, auch nicht die Ruhe, sondern diese Linie, dieser flüchtige Spiegelglanz um seinen inneren Abgrund herum: eine Pupille, die mit der ganzen Kraft eines Wunders leuchtete.

»Er gehört Ihnen«, ermunterte mich Thierry.

Ich gab ihm zu verstehen, daß ich um den Busch herumgehen würde, um mich in einen bequemeren Winkel zu begeben. Es war am besten, wenn er an Ort und Stelle blieb und ihn anleuchtete, seine fünf Sinne auf das Tier konzentrierte.

»Bewegen Sie sich ganz langsam.«

Ich schätzte, daß mich jeder Schritt auf den Frosch zu mindestens fünf oder sechs Sekunden kosten würde und insgesamt gute drei Minuten vergehen würden, bis ich an der Stelle angelangt wäre, von der aus ich ihn am besten erwischen konnte. Zum Schluß nahm ich mir etwas mehr Zeit, und da begann er zu singen. Es waren kurze kräftige Rufe, seine Stimme würgte, wie ein Lockruf für niemanden, ein verzweifeltes, einsames Blubbern, das aus dem Innersten kam.

»Ich hab ihn!«

Es war ein erwachsenes Männchen, nach der Haut der Füße und des Kopfes zu urteilen sehr alt und daher wohl auch desorientiert. Ich hatte den Eindruck, ein langlebiges Exemplar vor mir zu haben, ein Wesen, das zu sterben vergessen oder sich irgendwohin geflüchtet hatte, wo der Aufruf nicht hingelangt war, wenn es denn einen Aufruf gegeben hatte, oder der Befehl zur Vernichtung, sollte es das gewesen sein. Ich steckte das Tier in die mit Moos und Farnblättern gefüllte Plastiktüte und diese in das schützende Fach, das ich schon in meinem Rucksack vorbereitet hatte.

»Ob es noch einen in der Nähe gibt?«

Thierry leuchtete mich mit seiner Lampe an, lächelte, als würde er an einem von langer Hand vorbereiteten Ereignis teilnehmen, die Pointe eines schlechten Witzes hören.

»Sie wissen es doch. Dieses Tier ist sehr alt. Es gibt keinen anderen Frosch mehr, das ist der letzte.«

So verweilten wir noch ein bißchen. Thierry meinte, wir sollten das feiern und unseren Tribut an Papá Lokó zahlen, den Herrn der Bäume, der Bromelien und aller lebenden und toten Gewächse: »Der Besitzer, Monsieur, ist der, der am meisten auf den Berg pinkelt.« Er holte eine Flasche Rum aus seinem Rucksack, öffnete sie und vergoß ein paar Tropfen über der Erde, gab sie mir und trank dann selbst einen Schluck. Wir begannen mit dem Abstieg zum Lagerplatz, es war Mitternacht, und ich dachte, daß Sarah bestimmt schlief. Wir würden sie natürlich aufwecken, um ihr die *Grenouille du sang* zu zeigen, damit auch sie einen großzügigen Schluck aus der Flasche nähme.

Sarah war wach, sehr blaß und erwartete uns. Sie hatte wegen der Schüsse kein Auge zumachen können, zuerst waren es entfernte Feuerstöße, möglicherweise aus Marfranc, dann hörte sie sie viel näher und fragte sich, ob sie schon heraufstiegen. Unter diesen Umständen war es ihr nicht so wichtig, daß wir den *Eleutherodactylus sanguineus* erwischt hatten.

»Ich muß weitermachen«, sagte sie zu mir. Vermutlich sah sie sich schon allein auf dem Berg. »Wen störe ich hier schon?«

Thierry erbot sich, hinunterzugehen. Er kannte mehrere Abkürzungen, auf denen er noch vor Tagesanbruch nach Marfranc gelangen würde. Er wußte, wie er sich im Dorf anstellen mußte, um herauszufinden, was dort und auf den Landstraßen von Marfranc nach Jérémie los war.

»Ich werde hierbleiben und den Frosch bearbeiten«, sagte ich zu ihm, Thierry wußte, daß ich den Frosch präparieren mußte.

»Sagen Sie ihm auf Wiedersehen von mir. Dieses Teufelstier ist heilig.«

Sarah bot an, mir zu helfen. Sie sagte, sie sei nicht müde, die Schüsse hätten sie munter gemacht und sie wolle wach bleiben, bis Thierry zurückkomme. Ich glaube, daß sie insgeheim fürchtete, dem Franzosen könnte etwas zugestoßen sein, obwohl sie nichts sagte, sie war unfähig, ein Gefühl zu zeigen und erinnerte mich ein bißchen an Vaughan Patterson: Weder tolerierte sie es, noch interessierte es sie, wenn ihr von etwas anderem erzählt wurde als von ihrem Kaktus. Während ich den Frosch präparierte, erzählte ich ihr, daß ich ihn persönlich nach Australien bringen mußte, daß das Tier für ein Labor an der Universität in Adelaide bestimmt war.

»Wenn ich die *Pereskia* gefunden habe«, vertraute sie mir an, »werde ich, nachdem ich sie in den Botanischen Garten gebracht habe, zu mir nach Hause fahren, einen Film einlegen und vor dem Fernseher frühstücken.«

Ich mußte lachen. Ich war nur ein einziges Mal im Botanischen Garten in New York gewesen, aber ich war mehr auf die Amphibien als alles andere fixiert gewesen. Darin ähnelte ich Papa Crapaud: Ich hatte nichts anderes mehr auf der Welt außer meinen Fröschen, und die Eingeweide der Frösche waren, wie Thierry richtig bemerkte, nicht dazu in der Lage, einen Mann berühmt zu machen. Ich beschloß, daß ich auf dem Heimweg, noch bevor ich nach Adelaide flog, ein für allemal meine Situation mit Martha klären würde.

»Wenn ich diesen Kaktus abgegeben habe, das wird so um elf Uhr vormittags sein, werde ich frühstücken. Ich werde mir Kaffee und ein paar Toasts kaufen und mich vor den Fernseher setzen.«

Dann erzählte sie mir, daß sie den Film *Frühstück bei Tiffany* mindestens sechzigmal gesehen habe. Audrey Hepburn trank Kaffee und betrachtete dabei die Schaufenster eines Juweliers, das beruhigte sie. Sarah hingegen beruhigte es, Audrey Hepburn dabei zu beobachten, wie sie sich beim Anblick des Schmucks beruhigte. Es war wie eine Kettenreaktion oder wie ein Traum im Spiegel.

Am Morgen kam Thierry zurück. Ich kannte bereits diesen gebannten Blick, dieses erstaunte Gesicht, den komisch benommenen Ausdruck, halb spöttisch, halb angstvoll. Mir war aufgefallen, daß dies ein typisch haitianischer Zug war.

»Vergessen Sie Marfranc.«

Sarah sah mich an, und ich forderte Thierry auf, sich zu setzen. Er stand immer noch da, wie ein zufälliger Besucher, wie ein Gespenst.

»Wir müssen von hier direkt über Abkürzungen nach Jérémie hinunter und von Jérémie mit dem Schiff nach Port-au-Prince.«

Ich fragte ihn nach dem Auto, dem Renault, mit dem Edouard und der Mann aus Marfranc mit der Leiche von Luc in die Hauptstadt gefahren waren.

»Sie sind nicht zurückgekommen«, sagte er.

Wir begannen unsere Sachen zusammenzupacken. Thierry bemerkte, je früher wir gingen, desto mehr Chancen hätten wir, heil nach Port-au-Prince zu gelangen.

»Ich bleibe hier«, sagte Sarah.

Thierry sah sie an. Sie verkrampfte die Hände ineinander.

»Ich werde jeden Moment die *Pereskia* finden, ich glaube nicht, daß eine Frau sie hier oben stören wird. Was soll sie daran stören?«

Ich übersetzte für Thierry, der einen Augenblick nachdenklich dastand und sich dann wieder seiner Arbeit zuwandte. Er verstaute die Fläschchen und die Papiere in die Rucksäcke, einmal drehte er sich um und sah Sarah an, die uns wie hypnotisiert beim Packen zusah.

»Wenn Sie hierbleiben, sind Sie morgen tot. Ich werde Sie gewaltsam hinunterbringen, die Frau des Ausländers habe ich gefesselt runtergeschafft.«

Ich versuchte, sie zur Vernunft zu bringen, wir redeten, während ich mein Gepäck fertigmachte: drei Rucksäcke vor dem Zelt aufgetürmt, eine Aktentasche voller Notizen und ein halbes Dutzend Aufnahmen. Dort war die Stimme der *Grenouille du sang* aufgezeichnet, der territoriale und einsame Ruf, das Staunen der Welt, dieser ewig wiederholte entsetzte Gesang.

»Ich bleibe«, sagte Sarah, keinem Argument mehr zugänglich.

Ich ging zu Thierry hin und dachte eine Weile laut nach. Ich gestand ihm, daß ich nichts mehr zu sagen wüßte, weder wüßte, an welche Ängste, noch an welche Schreckensvorstellungen ich appellieren sollte, um sie zu überzeugen.

»Sie will sich nicht vom Fleck bewegen«, schloß ich.

»Keine will das«, sagte Thierry. »Alle werden verrückt. Ich habe es Ihnen schon vor langer Zeit gesagt: Man muß sie gewaltsam runterschaffen, und die da kann ich auch fesseln.«

»Das können wir nicht, Thierry. Sie ist nicht verrückt.«

»Doch, das ist sie. Aber Cito Francisque interessiert

das nicht im geringsten. Er wird ihr so oder so den Kopf abhacken.«

Wir unternahmen keinen Versuch mehr. Ich hängte mir zwei Rucksäcke über, ging zu Sarah und streckte ihr die Hand hin, hielt sie absichtlich einen Moment fest: Es war eine Hand, die den Wald durchsuchte und Erde beiseite schob, eine emsige und rauhe Hand, die so sehr der meinen glich. Sie mochte keine Abschiede, war aber fähig, diesen ruhig zu ertragen. Dann drehte sie sich um, nahm ihren Rucksack und ging in die entgegengesetzte Richtung davon. Ich blieb stehen und sah ihr nach, bis sie auf den Pfaden des Bergrückens verschwand.

Thierry und ich flohen ins Tal, wobei wir einen großen Bogen um Marfranc machten. Er ging ins Dorf, um etwas Eßbares aufzutreiben und herauszufinden, auf welche Weise wir nach Jérémie kommen könnten. Im Dorf war wenig Betrieb, eigentlich gar keiner: In sechs Häusern wurde die Totenwache abgehalten, aber wenigstens bekamen wir ein paar Ölsardinendosen und etwas Schnaps, und außerdem fanden wir einen Mann, der uns gegen Bezahlung auf seinem Motorrad nach Jérémie bringen würde. Dort würden wir die *Neptuno* besteigen, eine Fähre, die direkt nach Port-au-Prince fuhr, Thierry hatte alles geplant, wir konnten es nicht riskieren, die Landstraße zu nehmen. Das hätte bedeutet, zumindest das Gepäck zu verlieren, alle Rucksäcke mit der Ausrüstung und – er senkte die Stimme – »die *Grenouille du sang*«.

Im Morgengrauen trafen wir in Jérémie ein. Wir gingen direkt in Thierrys Haus, Carmelite und Mireille waren schon nicht mehr da.

»Wer weiß, ob Paul aufgetaucht ist«, sagte er zu mir, »und die beiden mitgenommen hat.«

Es war das erstemal seit Tagen, daß ich duschte. Auch das erstemal, daß ich etwas Warmes aß. Thierry machte eine Suppe, die wir im Morgengrauen tranken. Danach gingen wir los, es war nicht ratsam, allzulange in diesem Haus zu verweilen. Die *Neptuno* lief am späten Nachmittag aus, und um die Zeit herumzubringen, besuchten wir einen alten Freund von Thierrys Vater, einen der Männer seines Trupps. Während sie sich unterhielten, legte ich mich in den Schlafsack und schlief durch, bis mich Thierry wachrüttelte.

»Auf nach Port-au-Prince.«

Ich rollte den Schlafsack zusammen, akzeptierte ein Glas Rum zum Abschied und dachte an Sarah. Wir gingen zu Fuß zum Hafen, das Schiff schien mir ein Seelenverkäufer, aber zum Glück würde die Überfahrt nicht lange dauern. Das Stückchen Meer, das in Thierrys Erinnerung so anders schäumte, verwandelte sich plötzlich in unseren einzigen Ausweg. Wir machten es uns mit unserem Kram nahe am Bug bequem, und zwei Männer, die ein Zicklein schleppten, setzten sich neben uns. Einer war barfuß, der andere trug geflochtene Sandalen; auch Thierry trug Sandalen, seine waren völlig lehmverschmiert. Das Schiff setzte sich in Bewegung, ich wurde wieder schläfrig, nahm den Rucksack, in dem ich die *Grenouille du sang* verstaut hatte, und hielt ihn fest in den Armen. Thierry beobachtete mich und begann dann einen langen, traurigen Monolog, eine Art Geständnis. Er sprach von dem Mann, dem er das Messer in den Leib gestoßen hatte, und er sprach von seiner Familie. Mir wurde bewußt, daß auch er zu einer Spezies gehörte, die im Aussterben begriffen war, daß er ein eingekreistes Tier war, ein Mensch, der zu einsam war.

»Passen Sie auf Ihren Frosch auf«, war das letzte, was ich ihn sagen hörte, »halten Sie das Teufelstier gut fest.«

Neptuno

Ich wollte vergessen, daß ich diesen Mann getötet hatte. Er hatte seine Strafe verdient, er hatte mehr als das verdient. Verstehen Sie, er nahm ein Stück Kreide mit den Zehen, denn etwas anderes nützt nichts, ging zu dem Ireme, das war ein Oberhaupt der Gesellschaft, und bemalte ihm den Rücken mit Linien. Der Rücken eines Ireme ist heilig, und er zerstörte ihn, er machte ihn zum Toten, er verwandelte ihn in eine Frau. Das ist das größte Unglück, das einem *Abakuá* passieren kann.

Es war bekannt, daß er das aus Rache getan hatte, wegen eines Streits, der mit der Arbeit von beiden zu tun gehabt hatte, beide waren Schauermänner. Aber mir fiel es zu, ihn zu beseitigen, das ist etwas, was dich eines Tages treffen kann oder auch nie, und mich traf es, die Basis wählte mich, sie gaben mir den Befehl, und ich ging ihn suchen.

Am Morgen kam ich in die Rue Chantal, wo sich der Apfelstand befindet, der einzige Ort in Port-au-Prince, wo Äpfel aus Frankreich verkauft werden. Ich blieb vor einem Haufen Früchte stehen und sah ihn kommen, er kannte mich nicht, aber ich grüßte ihn wie einen Bruder, und während ich ihn grüßte, nahm ich ihm das Leben. Dann ging ich gleich nach Hause, umarmte Blanche und mein Söhnchen Charlemagne, das muß man tun, wenn man einen Mann beseitigt hat. Die Gesellschaft beschaffte mir eine Arbeit in Saint-Michel de L'Attalaye, und ich zog mit meiner Familie dort hin.

Die Jungen, meine beiden Söhne, wuchsen heran. Charlemagne wurde Matrose wie sein Pate Jean Leroy, er war Thunfischfänger, weit weg von Haiti, und starb, als er schon groß war, im Wasser, im selben Netz, mit dem sie die Fische herauszogen. Er hatte sich mit einem Fisch in den Schnüren verfangen, sie sagten, er hätte ihn ins Meer zurückwerfen wollen, und der Fisch nahm ihn mit auf den Meeresgrund. Honorat nannten wir den Zwilling, der lebend aus dem Bauch seiner Mutter gekommen war, noch einer, der nicht alt wurde, denn er ist bei einem Streit um eine Frau umgebracht worden. Sie sehen, ich hatte Kinder, aber ich habe sie eines nach dem anderen verloren. Und schließlich entfernte ich mich innerlich von Blanche. Ich entdeckte, daß sie mir gegenüber Abneigung empfand, einen Groll, den nicht einmal sie selbst verstehen konnte, vielleicht, weil die Kinder umsonst geboren wurden, oder vielleicht deshalb, weil sie mit den Jahren gemerkt hatte, daß Frou-Frou nicht wie eine Mutter für mich war. Sie war es nie.

Ich ließ sie in Saint-Michel de L'Attalaye zurück und zog zu meinem Bruder Jean-Pierre, dort hinter den Müllplatz, den ich Ihnen vor kurzem gezeigt habe. Ich lebte ganz friedlich, bis ich erfuhr, daß in Port-au-Prince ein Ausländer, ein Froschsucher wie Papa Crapaud, jemand suchte, der ihn auf den Berg begleitete. Der Froschsucher waren Sie, und hier ist dieser Weg zu Ende, den wir gemeinsam gegangen sind, hier auf der *Neptuno* – was ist das nur für ein Name für ein Schiff?

Ein Mensch geht immer wieder dieselben Wege, er geht sie immer wieder, ohne es zu merken, und gibt sich der Illusion hin, es seien neue. Ich habe keine Illusionen mehr, aber ich muß meine eigenen Schritte tun, die wenigen, die mir noch bleiben, ich muß meine eigenen Schritte tun, und Sie müssen die Ihren tun, und die Frau, die da oben zurückblieb und morgen sterben wird, wird auch das tun, was sie tun muß. Sogar Cito Francisque, so mächtig er auch sein mag, auch er muß alle Wege immer von neuem gehen, von Bergrücken zu Bergrücken, von Blutstropfen zu Blutstropfen.

Als Frou-Frou starb, ging ich zurück nach Jérémie, um die Erde zu küssen, in der sie ruhen würde. Carmelite und Mireille brachten Blumen zum Begräbnis mit, ziemlich welke Blumen, denn an dem Tag konnten sie keine anderen finden. Wir beteten zu ihrem guten Engel, kurz bevor sie für immer hinuntergelassen wurde, und als die Blütenblätter von Carmelites Strauß und auch die von Mireilles Strauß schon abfielen, kam eine Windbö auf und entblätterte sie vollständig. Die Blütenblätter fielen in das Grab, und es war, als würde mir jemand einen Finger an die Stirn legen. Das Begräbnis von Papa Crapaud kam mir in den Sinn und jene Papiertüten mit Rosenblättern, die uns Ganesha gegeben hatte. Auch die Toten gehen immer wieder dieselben Wege. Der unsichtbare Finger berührte erneut meine Stirn, aber ich erinnerte mich nicht an den Geruch nach Kuhfladen und den Gestank von Pisse, die mich an Ganesha so abgestoßen hatten. Ich erinnerte mich nur an ihr Gebet, Ganesha war tot, und ihr Gespenst kam, um mir ins Ohr zu flüstern:

»Du, Finsternis, die den Geist derer einhüllt, die deine Herrlichkeit nicht kennen.«

Ich hob den Kopf und wußte, daß in der Stunde meines Todes auch ich jene Worte sagen müßte. Ich wiederholte sie tagelang, wiederholte sie so lange, bis ich sie vollständig auswendig konnte, sie gingen mir in Fleisch und Blut über, und ich weiß, daß ich sie nie mehr vergessen werde.

Ich werde alle die kommen sehen, die ich erwarte, vielleicht alle die, die mich liebten, ich werde ihnen die Arme entgegenstrecken und langsam zu ihnen sprechen, damit sie mich gut verstehen: »Du, Finsternis...«

Dann werden sie mich erleuchten.

Mitte der siebziger Jahre wurde eine beträchtliche Abnahme der Populationen des *Eleutherodactylus sanguineus* registriert, eines rotleuchtenden Erdfrosches, der ausschließlich in den Bergregionen der Isla de la Hispaniola lebte.

Zehn Jahre später verschwand der Frosch aus der Dominikanischen Republik. Zur gleichen Zeit wurde darüber berichtet, daß die Spezies auch auf Haiti am Aussterben sei, wo man nur noch ein paar wenige Tiere von weitem auf dem Mont des Enfants Perdus, einem Berg nahe bei Port-au-Prince, gesichtet hatte.

Im November 1992 unternahm der nordamerikanische Herpetologe Victor S. Grigg eine Expedition auf besagten Berg, konnte aber nicht ein einziges Exemplar der *Grenouille du sang* finden, wie man den *Eleutherodactylus sanguineus* auf Haiti gemeinhin nannte.

Einige Wochen später, nachdem er die vertrauliche Mitteilung erhalten hatte, daß der Frosch auf dem Berg Casetaches zu finden sei, machte sich Grigg zu einer weiteren Exkursion auf und führte eine große Suchaktion durch, bei der es ihm gelang, ein erwachsenes männliches Exemplar zu fangen, das nach seinen eigenen Informationen das letzte seiner Art auf diesem Planeten war.

Am 16. Februar 1993, als er aus Jérémie nach Port-au-Prince zurückkehren wollte, kenterte Griggs Schiff vor der Küste von Grand-Goâve. Bei der Tragödie starben zweitausend Menschen. Weder die Leiche des Wissenschaftlers noch die seines haitianischen Führers Thierry Adrien konnten geborgen werden.

Das letzte vorschriftsmäßig präparierte Exemplar der *Grenouille du sang* ging mit ihnen im Meer verloren.

Inhalt

Literatur im Zsolnay Verlag

IVAN BINAR
Die Kunstkitterei
Roman
Aus dem Tschechischen von Christa Rothmeier
1997. 224 Seiten

COLETTE
Chéri / Chéris Ende
Zwei Romane
Neuübersetzung aus dem Französischen
von Roseli und Saskia van Beek
1997. 320 Seiten

GORDON A. CRAIG
Königgrätz
1866 – Eine Schlacht macht Weltgeschichte
Aus dem Englischen von Karl Federmann
Mit einem Vorwort des Autors zur Neuausgabe
1997. 344 Seiten

MONIKA FAGERHOLM
Wunderbare Frauen am Wasser
Roman
Aus dem Finnlandschwedischen von Angelika Gundlach
1997. 336 Seiten

WILLIAM MAXWELL
Mit der Zeit wird es dunkler
Roman
Aus dem Amerikanischen von Matthias Müller
1996. 416 Seiten

MADISON SMARTT BELL
Aufstand aller Seelen
Roman
Aus dem Amerikanischen von Lutz-W. Wolff
1996. 704 Seiten

JOHN STEINBECK
Stürmische Ernte
Roman
Aus dem Amerikanischen von Alfred Kuoni
1997. 336 Seiten

FULVIO TOMIZZA
Die fünfte Jahreszeit
Roman
Aus dem Italienischen von Maria Fehringer
1997. 232 Seiten

JULES VERNE
Paris im 20. Jahrhundert
Aus dem Französischen von Elisabeth Edl
1996. 208 Seiten